SV

Band 512 der Bibliothek Suhrkamp

James Joyce
Die Toten
The Dead

Englisch und deutsch
Deutsche Übertragung von
Dieter E. Zimmer
Mit Nachworten von
Richard Ellmann und
Eberhard Späth

Suhrkamp Verlag

Der englische Text folgt der Ausgabe *Dubliners*,
The Viking Press Inc., New York.
Der deutsche Text folgt dem ersten Band der Frankfurter Ausgabe.
Das Nachwort von Richard Ellmann ist entnommen aus
James Joyce, Zürich 1961.
Die amerikanische Ausgabe erschien bei der
Oxford University Press, New York.

Erste Auflage 1976

Satz: Libri-Satz, Kriftel/Ts.
Druck: Nomos Verlagsgesellschaft, Baden-Baden
Printed in Germany

James Joyce
Die Toten

Die Toten

Lily, die Tochter des Verwalters, mußte sich buchstäblich die Beine ablaufen. Kaum hatte sie einen Herrn in die kleine Vorratskammer hinter dem Büro im Erdgeschoß geführt und ihm aus dem Mantel geholfen, als die asthmatische Türglocke schon wieder ertönte und sie den kahlen Korridor hinunterhetzen mußte, um den nächsten Gast einzulassen. Sie konnte von Glück sagen, daß sie nicht auch noch den Damen aufwarten mußte. Aber Miss Kate und Miss Julia hatten das bedacht und das Badezimmer oben in eine Damengarderobe verwandelt. Dort waren Miss Kate und Miss Julia, plauderten und lachten und machten sich quirlig zu schaffen, liefen eine nach der anderen zum oberen Treppenabsatz, spähten über das Geländer und riefen nach Lily, um sie zu fragen, wer gekommen sei.

Er war immer ein großer Anlaß, der jährliche Ball der Jungfern Morkan. Alle, die sie kannten, kamen, Familienangehörige, alte Freunde der Familie, die Mitglieder von Julias Chor, alle Schüler von Kate, die erwachsen genug waren, und selbst einige von Mary Janes Schülern. Kein einziges Mal war er verunglückt. Soweit man nur zurückdenken konnte, hatte er Jahr um Jahr in großem Stil stattgefunden; seit der Zeit, als Kate und Julia, nach dem Tod ihres Bruders Pat, aus dem Haus in Stoney Batter ausgezogen waren und Mary Jane, ihre einzige Nichte, zu sich in das dunkle hagere Haus am Usher's Island genommen hatten, dessen oberen Teil sie von Mr. Fulham, dem Getreidehändler im Erdgeschoß, gemietet hatten. Das war reichlich seine dreißig Jahre her. Mary Jane, damals noch ein kleines Mädchen in kurzen Kleidern, war nun die Hauptstütze des Haushalts, denn sie war Organistin in der Haddington Road. Sie hatte die Akademie absolviert und gab jedes Jahr im oberen Saal der Antient Concert Rooms ein Schülerkonzert. Viele ihrer Schüler kamen aus begüterten Familien auf der Strecke nach Kingstown und Dalkey. So alt sie waren, taten auch die Tanten noch ihr Teil. Julia, obwohl schon ganz ergraut, war immer noch die erste Sopranistin in der Kirche Adam and Eve, und Kate, die zu schwach war, um noch viel auf den Beinen zu sein, gab Anfängern Musikstunden auf dem alten Klavier im Hinterzimmer. Lily, die Tochter des Verwalters, machte ihnen die Hausmädchenarbeit. Obwohl ihr Lebensstil bescheiden war, hielten sie viel vom guten Essen; das Allerbeste nur: Diamond-bone Sirloinstücke, Tee zu drei Shilling und das beste Flaschen-Stout. Aber Lily vertat sich nur selten bei ihren Bestellungen, so daß sie mit ihren drei Herrinnen gut zurechtkam. Sie waren quirlig, das war alles. Aber das einzige, was sie nicht vertragen konnten, war Widerrede.

Natürlich hatten sie guten Grund, an einem solchen Abend quirlig zu sein. Und dann war es auch schon lange zehn Uhr vorbei, und immer noch gab es kein Zeichen von Gabriel und seiner Frau. Außerdem hatten sie schreckliche Angst, daß Freddy Malins beschwipst aufkreuzen würde. Um nichts in der Welt wünschten sie, daß einer von Mary Janes Schülern ihn betrunken sähe; und wenn er in diesem Zustand war, war es manchmal sehr schwierig, mit ihm fertig zu werden. Freddy Malins kam immer zu spät, aber sie fragten sich, warum Gabriel wohl ausblieb: und eben deshalb liefen sie alle paar Minuten an das Geländer, um Lily zu fragen, ob denn Gabriel oder Freddy gekommen sei.

– Ach, Mr. Conroy, sagte Lily zu Gabriel, als sie ihm die Tür öffnete, Miss Kate und Miss Julia dachten schon, Sie würden niemals kommen. Guten Abend, Mrs. Conroy.

– Das glaube ich gerne, sagte Gabriel, aber sie vergessen, daß meine Frau hier drei qualvolle Stunden braucht, um

sich zurechtzumachen.
Er stand auf der Fußmatte und streifte den Schnee von seinen Galoschen, während Lily seine Frau zum Fuß der Treppe führte und rief:
– Miss Kate, hier ist Mrs. Conroy.
Kate und Julia kamen sofort die dunkle Treppe heruntergewackelt. Beide küßten sie Gabriels Frau, sagten, sie müsse ja bei lebendigem Leibe erfroren sein, und fragten, ob Gabriel mitgekommen wäre.
– Hier bin ich doch, sicher wie die Post, Tante Kate! Geht nur schon hinauf. Ich komme gleich nach, rief Gabriel aus dem Dunkel.
Er streifte weiter kräftig seine Füße ab, während die drei Frauen lachend zur Damengarderobe hinaufgingen. Eine leichte Schneefranse lag wie ein Cape auf den Schultern seines Mantels und wie eine Schuhkappe auf den Spitzen seiner Galoschen; und als die Knöpfe seines Mantels quietschend durch den vom Schnee steifen Fries glitten, entströmte den Spalten und Falten kalte duftende Luft von draußen.
– Schneit es wieder, Mr. Conroy? fragte Lily.
Sie war ihm in die Vorratskammer vorausgegangen, um ihm aus dem Mantel zu helfen. Gabriel lächelte über die drei Silben, die sie seinem Nachnamen gegeben hatte, und sah sie an. Sie war ein schmales, noch nicht erwachsenes Mädchen mit bleicher Haut und heufarbenem Haar. Das Gaslicht in der Vorratskammer ließ sie noch bleicher wirken. Gabriel kannte sie seit ihren Kindertagen, als sie noch auf der untersten Treppenstufe saß und mit einer Stoffpuppe spielte.
– Ja, Lily, antwortete er, und ich glaube, es wird die Nacht über wohl anhalten.
Er blickte zur Decke der Kammer empor, die die stampfenden und schlurrenden Füße auf der Etage darüber erzittern ließen, lauschte einen Augenblick dem Flügel und sah

dann das Mädchen an, das seinen Mantel am Ende eines Regals sorgsam zusammenfaltete.
– Wie ist es, Lily, sagte er in freundlichem Ton, gehst du noch zur Schule?
– Nein, Sir, antwortete sie. Die Schule, mit der bin ich schon seit über einem Jahr fertig.
– Aha, sagte Gabriel fröhlich, dann werden wir jetzt also eines schönen Tages mit deinem Bräutigam zu deiner Hochzeit gehen, was?
Das Mädchen sah ihn über die Schulter an und sagte mit großer Bitterkeit:
– Die Männer heute haben nur Palavern im Kopf und wozu sie einen rumkriegen.
Gabriel wurde rot, als fühle er, daß er einen Fehler gemacht hatte, und ohne sie anzusehen, schleuderte er die Galoschen von den Füßen und schnickte energisch mit dem Schal über seine Lackschuhe.
Er war ein kräftiger, ziemlich großer junger Mann. Die erhöhte Farbe seiner Wangen drang bis zu seiner Stirn hinauf, wo sie sich in einigen formlosen blaßroten Flecken verteilte; und auf seinem haarlosen Gesicht funkelten rastlos die geschliffenen Linsen und die schimmernde Goldfassung der Brille, die seine empfindlichen und rastlosen Augen schirmte. Sein glänzendes schwarzes Haar war in der Mitte gescheitelt und in einer langen Welle hinter die Ohren gebürstet, wo es sich unter der Vertiefung, die der Hut eingedrückt hatte, leicht kräuselte.
Als er Glanz auf seine Schuhe geschnickt hatte, stand er auf und zog seine Weste strammer über seinen rundlichen Körper herunter. Dann nahm er rasch eine Münze aus der Tasche.
– So, Lily, sagte er und drückte sie ihr in die Hand, es ist Weihnachtszeit, nicht wahr? Nur . . . hier ist ein kleines . . .
Rasch ging er zur Tür.

– Aber nicht doch, Sir! rief das Mädchen und folgte ihm. Wirklich, Sir, das nehme ich nicht an.
– Weihnachtszeit! Weihnachtszeit! sagte Gabriel, rannte fast zur Treppe und winkte ihr beschwörend zu.
Da das Mädchen sah, daß er die Treppe erreicht hatte, rief es ihm nach:
– Also dankeschön, Sir.
Er wartete vor der Tür des Salons, daß der Walzer zu Ende ginge, lauschte auf die Röcke, die sie streiften, und auf das Schlurren der Füße. Er war noch verstört von der bitteren und unvermittelten Antwort des Mädchens. Sie hatte einen Schatten über ihn geworfen, den er zu vertreiben suchte, indem er seine Manschetten und die Schleifen seiner Krawatte zurechtrückte. Dann nahm er einen kleinen Zettel aus der Westentasche und schaute auf die Stichworte, die er sich für seine Rede notiert hatte. Was die Verse von Robert Browning anging, war er unentschlossen, denn er fürchtete, sie wären zu hoch gegriffen für seine Zuhörer. Irgendein Zitat aus Shakespeare oder Moores »Melodies«, das sie erkennen würden, wäre wohl eher angebracht. Das unfeine Geräusch der knallenden Männerabsätze und das Schlurren ihrer Sohlen erinnerte ihn daran, daß ihr Bildungsgrad von dem seinen verschieden war. Er würde sich nur lächerlich machen, wenn er ihnen Dichtung vortrug, die sie nicht verstehen konnten. Sie würden meinen, er wolle seine überlegene Bildung zur Schau stellen. Er würde bei ihnen ebenso falsch ankommen wie bei dem Mädchen in der Kammer. Er hatte nicht den richtigen Ton gefunden. Seine ganze Rede war von Anfang bis Ende ein Irrtum, ein völliger Fehlschlag.
In diesem Augenblick kamen seine Tanten und seine Frau aus der Damengarderobe. Seine Tanten waren zwei kleine, einfach gekleidete alte Frauen. Tante Julia war zwei oder drei Zentimeter größer. Ihre Haare, die über den oberen Ohrenrand hinabgezogen waren, waren grau; und grau,

mit dunkleren Schatten, war ihr großes schlaffes Gesicht. Obwohl sie kräftig gebaut war und sich gerade hielt, verliehen ihre langsamen Blicke und leicht geöffneten Lippen ihr das Aussehen einer Frau, die nicht wußte, wo sie war und wohin sie ging. Tante Kate war lebhafter. Ihr Gesicht, gesünder als das ihrer Schwester, bestand, einem verschrumpelten roten Apfel gleich, ganz aus Falten und Runzeln, und ihr in der gleichen altmodischen Art geflochtenes Haar hatte seine volle Nußfarbe nicht verloren. Beide küßten sie Gabriel ungeniert. Er war ihr Lieblingsneffe, der Sohn ihrer toten älteren Schwester Ellen, die T. J. Conroy von der Hafenbehörde geheiratet hatte.

– Gretta hat mir erzählt, daß ihr heute nacht nicht mit der Droschke nach Monkstown zurück wollt, Gabriel, sagte Tante Kate.

– Nein, sagte Gabriel und drehte sich zu seiner Frau um, im letzten Jahr das hat uns gereicht, oder? Weißt du noch, wie sich Gretta dabei erkältet hat, Tante Kate? Die Droschkenfenster haben den ganzen Weg geklappert, und hinter Merrion dann der Ostwind, der hereinblies. Es war wirklich ein Vergnügen. Gretta hat sich eine fürchterliche Erkältung geholt.

Tante Kate runzelte streng die Stirn und nickte bei jedem Wort mit dem Kopf.

– Ganz recht, Gabriel, ganz recht, sagte sie. Du kannst nicht vorsichtig genug sein.

– Wenn es nach Gretta ginge, sagte Gabriel, die würde in dem Schnee bis nach Hause laufen, wenn man sie ließe.

Mrs. Conroy lachte.

– Hör nicht auf ihn, Tante Kate, sagte sie. Er nimmt es wirklich schrecklich genau; Tom muß nachts unbedingt einen grünen Augenschirm haben und mit Hanteln üben, und Eva zwingt er, ihren Brei zu essen. Das arme Kind! Und sie findet schon den Anblick scheußlich! . . . Ach, ihr kommt nie darauf, was er mich jetzt tragen läßt!

Sie brach in helles Gelächter aus und sah ihren Mann an, dessen bewundernde und glückliche Augen von ihrem Kleid zu ihrem Gesicht und Haar gewandert waren. Auch die beiden Tanten lachten herzhaft, denn Gabriels übertriebene Fürsorglichkeit war ein alter Scherz bei ihnen.
– Galoschen! sagte Mrs. Conroy. Der letzte Schrei. Immer wenn der Boden naß ist, muß ich meine Galoschen anziehen. Sogar heute abend sollte ich sie anziehen, aber ich wollte nicht. Als nächstes wird er mir noch einen Taucheranzug kaufen.
Gabriel lachte nervös und strich sich beruhigend über die Krawatte, während sich Tante Kate fast vor Lachen bog, so gut gefiel ihr der Scherz. Das Lächeln schwand bald aus Tante Julias Gesicht, und ihre freudlosen Augen waren auf das Gesicht ihres Neffen gerichtet. Nach einer Pause fragte sie:
– Und was bitte sind Galoschen, Gabriel?
– Galoschen, Julia! rief ihre Schwester. Meine Güte, weißt du nicht, was Galoschen sind? Man trägt sie über den . . . über den Stiefeln, nicht wahr, Gretta?
– Ja, sagte Mrs. Conroy. Guttaperchazeug. Jeder von uns hat jetzt ein Paar. Gabriel sagt, auf dem Kontinent tragen sie alle.
– Achso, auf dem Kontinent, murmelte Tante Julia und nickte langsam mit dem Kopf.
Gabriel zog die Stirn in Falten und sagte, als wäre er leicht verärgert:
– Es ist gar nichts so Wunderbares, aber Gretta kommen sie sehr komisch vor, weil das Wort sie an die Christy Minstrels erinnert, sagt sie.
– Aber wie ist das, Gabriel, sagte Tante Kate mit geistesgegenwärtigem Taktgefühl. Du hast dich natürlich um ein Zimmer gekümmert. Gretta sagte . . .
– Ach, mit dem Zimmer das ist in Ordnung, erwiderte Gabriel. Ich habe eins im Gresham genommen.

– Natürlich, sagte Tante Kate, das ist bei weitem am besten so. Und die Kinder, Gretta, machst du dir auch keine Sorgen um sie?
– Ach, für eine Nacht, sagte Mrs. Conroy. Außerdem paßt Bessie auf sie auf.
– Natürlich, sagte Tante Kate noch einmal. Das ist wirklich eine Beruhigung, solch ein Mädchen zu haben, eins, auf das Verlaß ist! Die Lily da, ich weiß wirklich nicht, was in letzter Zeit in sie gefahren ist. Sie ist gar nicht mehr das Mädchen, das sie war.
Gabriel wollte ihr dazu gerade einige Fragen stellen, doch sie brach plötzlich ab, um ihrer Schwester nachzusehen, die die Treppe hinabgestiegen war und ihren Hals über das Geländer reckte.
– Was ist denn los, sagte sie fast gereizt, wo geht Julia bloß hin? Julia! Julia! Wo gehst du hin?
Julia, die eine halbe Treppe hinunter gegangen war, kam zurück und verkündete mild:
– Freddy ist da.
Im gleichen Augenblick zeigten Händeklatschen und ein Abschlußschnörkel des Pianisten an, daß der Walzer zu Ende war. Die Salontür wurde von innen geöffnet, und einige Paare kamen heraus. Tante Kate zog Gabriel eilig beiseite und flüsterte ihm ins Ohr:
– Geh mal leise runter, Gabriel, sei so gut, und sieh nach, ob er in Ordnung ist, und laß ihn nicht rauf, wenn er beschwipst ist. Ich bin sicher, er ist beschwipst. Ich bin sicher.
Gabriel ging zur Treppe und lauschte über das Geländer. Er konnte zwei Personen in der Kammer reden hören. Dann erkannte er Freddy Malins' Lachen. Er ging geräuschvoll die Treppe hinab.
– Es ist so eine Beruhigung, sagte Tante Kate zu Mrs. Conroy, daß Gabriel da ist. Ich fühle mich immer viel unbeschwerter, wenn er da ist . . . Julia, Miss Daly und Miss

Power möchten sicher gern eine Erfrischung. Vielen Dank für Ihren wunderschönen Walzer, Miss Daly. Er war sehr gut im Takt.
Ein großer Mann mit welkem Gesicht, einem steifen angegrauten Schnurrbart und dunkler Haut, der mit seiner Partnerin herauskam, sagte:
– Ob wir auch eine Erfrischung haben könnten, Miss Morkan?
– Julia, sagte Tante Kate summarisch, hier sind noch Mr. Browne und Miss Furlong. Führ sie hinein, Julia, mit Miss Daly und Miss Power.
– Ich bin der Mann für die Damen, sagte Mr. Browne, spitzte die Lippen, bis sich sein Schnurrbart sträubte, und lächelte mit allen seinen Runzeln. Sie müssen wissen, Miss Morkan, der Grund, daß sie mich so gern mögen, ist –
Er brachte den Satz nicht zu Ende, sondern führte, als er merkte, daß Tante Kate außer Hörweite war, die drei jungen Damen unverzüglich ins Hinterzimmer. Die Mitte des Zimmers nahmen zwei viereckige Tische ein, deren Enden aneinandergestellt waren, und Tante Julia und der Verwalter waren dabei, eine große Tischdecke darauf gerade und glatt zu ziehen. Auf dem Büfett waren Schüsseln und Teller aufgereiht und Gläser und bündelweise Messer und Gabeln und Löffel. Auch der Deckel des geschlossenen Klaviers diente als Büfett für Delikateßhäppchen und Süßigkeiten. An einem kleineren Büfett in einer Ecke standen zwei jüngere Männer und tranken Hopfenbitter.
Mr. Browne führte seine Schützlinge dorthin und lud sie alle im Scherz zu Damenpunsch ein, heiß, stark und süß. Da sie sagten, daß sie niemals starke Sachen tränken, machte er für sie drei Flaschen Limonade auf. Dann bat er einen der jungen Männer, etwas zur Seite zu treten, griff sich die Karaffe und schenkte sich selber ein reichliches Maß Whisky ein. Die jungen Männer beobachteten ihn respektvoll, während er einen Probeschluck nahm.

– Gott helfe mir, sagte er lächelnd, der Arzt hat mir's verordnet.
Sein welkes Gesicht verzog sich zu einem breiteren Lächeln, und die drei jungen Damen lachten in melodischem Echo auf seinen Scherz und wiegten unter nervösem Schulterzucken ihre Körper hin und her. Die Kühnste sagte:
– Aber was, Mr. Browne, ich bin sicher, der Arzt hat nie dergleichen verordnet.
Mr. Browne nahm noch einen Schluck Whisky und sagte schauspielernd über die Achsel:
– Sehn Sie, mir geht's wie der berühmten Mrs. Cassidy, die gesagt haben soll: *Also, Mary Grimes, wenn ich das nicht schlucke, dann zwingen Sie mich dazu, denn ich habe das Gefühl, ich brauch's.*
Sein heißes Gesicht hatte sich ein wenig zu vertraulich vorgeneigt, und er war in einen sehr ordinären Dubliner Akzent verfallen, so daß die jungen Damen, alle dem gleichen Instinkt folgend, seine Worte mit Stillschweigen aufnahmen. Miss Furlong, eine von Mary Janes Schülerinnen, fragte Miss Daly, wie der hübsche Walzer heiße, den sie gespielt hatte; und als Mr. Browne feststellte, daß er ignoriert wurde, wandte er sich sogleich an die beiden jungen Männer, die empfänglicher waren.
Eine rotgesichtige junge Frau in einem stiefmütterchenfarbenen Kleid kam herein, klatschte aufgeregt in die Hände und rief:
– Quadrille! Quadrille!
Ihr dicht auf den Fersen folgte Tante Kate und rief:
– Zwei Herren und drei Damen, Mary Jane!
– Na, hier wären Mr. Bergin und Mr. Kerrigan, sagte Mary Jane. Mr. Kerrigan, nehmen Sie Miss Power? Miss Furlong, darf ich Ihnen einen Partner zuteilen, Mr. Bergin? Das reicht dann wohl.
– Drei Damen, Mary Jane, sagte Tante Kate.

Die beiden jungen Herren fragten die Damen, ob sie das Vergnügen haben dürften, und Mary Jane wandte sich an Miss Daly.
– Ach Miss Daly, Sie sind wirklich schrecklich nett, nachdem Sie schon die letzten beiden Tänze gespielt haben, aber es fehlt uns heute abend wirklich so an Damen.
– Ich habe gar nichts dagegen, Miss Morkan.
– Aber ich habe einen netten Partner für Sie, Mr. Bartell D'Arcy, den Tenor. Später werde ich ihn bitten, daß er singt. Ganz Dublin schwärmt von ihm.
– Wunderbare Stimme, wunderbare Stimme! sagte Tante Kate.
Da der Flügel schon zweimal das Vorspiel zur ersten Tour begonnen hatte, führte Mary Jane ihre Rekruten eilends aus dem Zimmer. Sie waren kaum gegangen, als Tante Julia langsam hereinkam, den Blick nach hinten auf etwas gerichtet.
– Was ist los, Julia? fragte Tante Kate besorgt. Wer ist es?
Julia, die einen Stapel Servietten in der Hand hielt, drehte sich zu ihrer Schwester um und sagte einfach, als hätte die Frage sie überrascht:
– Es ist nur Freddy, Kate, und Gabriel ist bei ihm.
Tatsächlich konnte man sehen, wie Gabriel gleich hinter ihr Freddy Malins über den Treppenabsatz lotste. Dieser, ein jüngerer Mann von etwa vierzig Jahren, hatte Gabriels Größe und Statur und sehr runde Schultern. Sein Gesicht war fleischig und blaß, nur die dicken hängenden Ohrläppchen und die breiten Nasenflügel hatten eine Spur Farbe. Er hatte grobe Gesichtszüge, eine stumpfe Nase, eine gewölbte und fliehende Stirn, wulstige und vorgestülpte Lippen. Seine schwerlidrigen Augen und die Unordnung seines schütteren Haars ließen ihn verschlafen wirken. Er lachte herzhaft mit hoher Stimme über eine Geschichte, die er Gabriel auf der Treppe erzählt hatte, und rieb gleichzeitig mit den Knöcheln seiner linken Faust

vorwärts und rückwärts über das linke Auge.
– Guten Abend, Freddy, sagte Tante Julia.
Freddy Malins wünschte den Jungfern Morkan auf eine Art, die beiläufig schien, guten Abend, da seine Rede von Natur aus nur stockend vonstatten ging, und dann, als er sah, daß Mr. Browne ihn vom Büfett her angrinste, ging er auf ziemlich zittrigen Beinen quer durchs Zimmer und begann mit gedämpfter Stimme die Geschichte zu wiederholen, die er Gabriel gerade erzählt hatte.
– Es steht nicht so schlimm mit ihm, oder? fragte Tante Kate Gabriel.
Gabriels Brauen waren finster, aber er hob sie schnell und sagte:
– Nein, nein, man merkt es kaum.
– Ist es nicht ein furchtbarer Mensch! sagte sie. Dabei hat ihn seine arme Mutter erst Silvester Enthaltsamkeit geloben lassen. Aber komm mit in den Salon, Gabriel.
Bevor sie mit Gabriel das Zimmer verließ, machte sie Mr. Browne ein Zeichen, indem sie die Stirn runzelte und ihren Zeigefinger warnend hin- und herbewegte. Mr. Browne nickte zur Antwort und sagte zu Freddy Malins, als sie gegangen war:
– Also Teddy, ich geb Ihnen jetzt mal ein anständiges Glas Limonade, um Sie aufzumöbeln.
Freddy Malins, der sich dem Höhepunkt seiner Geschichte näherte, schob das Angebot ungeduldig beiseite, doch Mr. Browne, nachdem er Freddy Malins zunächst darauf aufmerksam gemacht hatte, daß sein Anzug unordentlich war, goß ein Glas Limonade ein und reichte es ihm. Freddy Malins' linke Hand nahm das Glas mechanisch entgegen, während seine Rechte ebenso mechanisch damit beschäftigt war, seinen Anzug in Ordnung zu bringen. Mr. Browne, dessen Gesicht sich von neuem vor Freude in Falten legte, goß sich selber ein Glas Whisky ein, während Freddy Malins, ehe er noch den Höhepunkt

seiner Geschichte erreicht hatte, in hohes bronchitisches Lachen ausbrach, sein ungekostetes und überfließendes Glas absetzte, mit den Knöcheln seiner linken Faust vorwärts und rückwärts über das linke Auge zu reiben begann und die Worte seines letzten Satzes wiederholte, soweit ihm sein Lachkrampf das erlaubte.

. . . .

Gabriel mochte nicht zuhören, als Mary Jane dem verstummten Salon ihr Akademiestück, voller Läufe und schwieriger Stellen, vorspielte. Er machte sich durchaus etwas aus Musik, aber das Stück, das sie spielte, klang ihm unmelodisch, und er bezweifelte, daß es für die anderen Zuhörer melodisch klang, obwohl sie Mary Jane gebeten hatten, etwas vorzuspielen. Vier junge Männer, die beim Klang des Flügels aus dem Erfrischungsraum gekommen und an der Tür stehengeblieben waren, waren paarweise nach ein paar Minuten unauffällig wieder gegangen. Die einzigen, die der Musik zu folgen schienen, waren Mary Jane selber, deren Hände über die Tasten jagten oder in den Pausen wie jene einer Verwünschungen herabbeschwörenden Priesterin momentan gehoben waren, und Tante Kate, die neben ihr stand, um die Seiten zu wenden.

Gabriels Augen, vom Fußboden irritiert, der unter dem schweren Kronleuchter von Bienenwachs glänzte, wanderten zu der Wand über dem Flügel. Es hing dort ein Bild der Balkonszene in *Romeo und Julia,* und daneben war ein Bild der beiden ermordeten Prinzen im Tower, das Tante Julia einst als Mädchen aus roter, blauer und brauner Wolle gestickt hatte. Wahrscheinlich war in der Schule, die sie als Mädchen besucht hatten, diese Art Handarbeit unterrichtet worden, denn einmal hatte seine Mutter als Geburtstagsgeschenk für ihn eine Weste aus purpurrotem Tabinet mit kleinen Fuchsköpfen darauf, einem Futter aus

braunem Satin und runden Maulbeerknöpfen geschneidert. Es war seltsam, daß seine Mutter musikalisch gar nicht begabt gewesen war, obwohl Tante Kate sie immer den hellsten Kopf der Familie Morkan genannt hatte. Sie wie Julia schienen immer ein wenig stolz auf ihre ernste und gesetzte Schwester gewesen zu sein. Ihr Photographie stand vor dem Wandspiegel. Sie hielt ein aufgeschlagenes Buch auf den Knien und zeigte darin Constantine etwas, der ihr in einem Matrosenanzug zu Füßen lag. Sie war es gewesen, die die Namen für ihre Söhne ausgesucht hatte, denn sie hatte sehr auf die Würde des Familienlebens gehalten. Dank ihr war Constantine jetzt Vikar in Balbriggan, und dank ihr hatte Gabriel selber an der Royal University sein Examen abgelegt. Ein Schatten strich über sein Gesicht, als er sich an ihren störrischen Widerstand gegen seine Heirat erinnerte. Einige ihrer abschätzigen Sätze schwärten noch immer in seinem Gedächtnis; einmal hatte sie Gretta eine Plietsche vom Land genannt, und das traf auf Gretta ganz und gar nicht zu. Gretta war es gewesen, die sie während ihrer letzten langen Krankheit in ihrem Haus in Monkstown die ganze Zeit gepflegt hatte.
Er wußte, daß Mary Jane mit ihrem Stück bald zu Ende sein mußte, denn sie wiederholte die Anfangsmelodie mit Tonleiterläufen nach jedem Takt, und während er auf das Ende wartete, erstarb der Groll in seinem Herzen. Das Stück endete mit einem Oktaventremolo im Diskant und einer tiefen Schlußoktave im Baß. Starker Beifall dankte Mary Jane, als sie errötend und nervös ihre Noten zusammenrollend aus dem Zimmer flüchtete. Das nachhaltigste Klatschen kam von den vier jungen Männern an der Tür, die bei Beginn des Stückes in den Erfrischungsraum gegangen, jedoch zurückgekommen waren, als der Flügel zu spielen aufgehört hatte.
Man stellte sich zur Quadrille lanciers auf. Gabriel sah sich Miss Ivors als Partnerin gegenüber. Sie war eine freimütige

gesprächige junge Dame mit sommersprossigem Gesicht und vorstehenden braunen Augen. Sie trug kein tief ausgeschnittenes Mieder, und auf der großen Brosche, die vorne an ihrem Kragen steckte, war eine irische Devise zu lesen. Als sie Aufstellung genommen hatte, sagte sie plötzlich:
– Ich habe ein Hühnchen mit Ihnen zu rupfen.
– Mit mir? fragte Gabriel.
Sie nickte ernst mit dem Kopf.
– Was gibt's denn? fragte Gabriel und lächelte über ihr feierliches Gebaren.
– Wer ist G. C.? antwortete Miss Ivors und heftete ihre Augen auf ihn.
Gabriel wurde rot und wollte gerade die Stirn furchen, so als verstehe er nicht, als sie unverblümt sagte:
– Ach, Sie Unschuldslamm! Ich habe herausbekommen, daß Sie für den *Daily Express* schreiben. Schämen Sie sich denn gar nicht?
– Warum sollte ich mich denn schämen? fragte Gabriel, blinzelte und versuchte zu lächeln.
– Also, ich schäme mich für Sie, sagte Miss Ivors rundheraus. Daß Sie für ein derartiges Blatt schreiben! Ich hatte Sie nicht für einen Westbriten gehalten.
Ein Ausdruck der Verwirrtheit erschien auf Gabriels Gesicht. Es stimmte, jeden Mittwoch schrieb er eine literarische Spalte für den *Daily Express*, für die er fünfzehn Shilling erhielt. Aber das machte ihn doch gewiß noch nicht zu einem Westbriten. Die Besprechungsexemplare, die er erhielt, waren ihm fast noch willkommener als der armselige Scheck. Wie gerne befühlte er die Einbände und blätterte die Seiten von Büchern, die frisch von der Presse kamen. Nahezu jeden Tag, wenn sein Unterricht im College zu Ende war, ging er die Quays hinab zu den Antiquariaten, zu Hickey am Bachelor's Walk, zu Webb oder Massey am Aston Quay oder zu O'Clohissey in der Seitenstraße. Er wußte nicht, wie er ihrer Anschuldigung begegnen sollte.

Er wollte sagen, daß die Literatur über der Politik stünde. Aber sie waren seit langen Jahren befreundet, und ihr Werdegang war parallel verlaufen, erst an der Universität und dann als Lehrer: eine hochtrabende Phrase konnte er sich ihr gegenüber nicht herausnehmen. Er blinzelte weiter und versuchte zu lächeln und murmelte lahm, daß er im Abfassen von Buchbesprechungen nichts Politisches sehe.

Als sie hinüberwechseln mußten, war er immer noch verwirrt und unaufmerksam. Miss Ivors nahm prompt seine Hand, drückte sie warm und sagte sanft und freundlich:

– Ich habe natürlich nur Spaß gemacht. Kommen Sie, wir müssen jetzt hinüberwechseln.

Als sie wieder beieinander waren, sprach sie von der Universitätsfrage, und Gabriel fühlte sich wieder ruhiger. Eine Freundin von ihr habe ihr seine Besprechung der Gedichte von Browning gezeigt. So sei sie hinter das Geheimnis gekommen: aber die Besprechung habe ihr außerordentlich gefallen. Dann sagte sie plötzlich:

– Mr. Conroy, wollen Sie nicht diesen Sommer mit zu einer Exkursion auf die Aran-Inseln kommen? Wir bleiben einen ganzen Monat dort. Es wird herrlich sein da draußen im Atlantik. Sie sollten mitkommen. Mr. Clancy kommt und Mr. Kilkelly und Kathleen Kearney. Auch für Gretta wäre es herrlich, wenn sie mitkäme. Sie stammt doch aus Connacht, nicht wahr?

– Ihre Familie, ja, sagte Gabriel knapp.

– Aber Sie kommen doch mit, nicht wahr? fragte Miss Ivors und legte eifrig ihre warme Hand auf seinen Arm.

– Ich muß gestehen, sagte Gabriel, ich habe schon alles vorbereitet für eine Reise nach –

– Wohin? fragte Miss Ivors.

– Nun ja, jedes Jahr, wissen Sie, mache ich mit ein paar Freunden eine Radtour –

– Aber wohin? fragte Miss Ivors.

– Nun, gewöhnlich fahren wir nach Frankreich oder Belgien oder vielleicht Deutschland, sagte Gabriel verlegen.
– Und warum fahren Sie nach Frankreich und Belgien, sagte Miss Ivors, statt ihre Heimat kennenzulernen?
– Nun, sagte Gabriel, teils um mit den Sprachen in Berührung zu bleiben und teils wegen der Abwechslung.
– Und haben Sie nicht Ihre eigene Sprache, mit der Sie in Berührung bleiben sollten – Irisch? fragte Miss Ivors.
– Nun, sagte Gabriel, wenn Sie darauf hinauswollen, wissen Sie, Irisch ist nicht meine Sprache.
Ihre Nachbarn hatten sich nach ihnen umgedreht, um dem Kreuzverhör zu lauschen. Gabriel blickte nervös nach links und rechts und versuchte, trotz der peinlichen Prüfung, der er unterzogen wurde und die ihm die Röte auf die Stirn trieb, gute Laune zu bewahren.
– Und sollten Sie nicht besser Ihre Heimat kennenlernen, fuhr Miss Ivors fort, von der Sie nichts wissen, Ihr eigenes Volk und Ihr eigenes Land?
– Ach was, wenn Sie die Wahrheit hören wollen, erwiderte Gabriel plötzlich, ich habe mein eigenes Land satt, satt hab ich's!
– Warum? fragte Miss Ivors.
Gabriel antwortete nicht, denn seine Erwiderung hatte ihn erhitzt.
– Warum? wiederholte Miss Ivors.
Sie mußten zusammen den Besuch tanzen, und da er ihr nicht geantwortet hatte, sagte Miss Ivors hitzig:
– Natürlich wissen Sie darauf nichts zu antworten.
Gabriel suchte seine Erregung zu verbergen, indem er sich mit großem Eifer dem Tanz widmete. Er mied ihre Augen, denn er hatte einen bitteren Ausdruck auf ihrem Gesicht bemerkt. Doch als sie sich bei der Großen Kette trafen, wurde seine Hand zu seiner Überraschung fest gedrückt. Sie sah ihn unter den Brauen her einen Augenblick lang spöttisch prüfend an, bis er lächelte. Dann, kurz bevor die

Kette weiterging, reckte sie sich auf die Zehenspitzen und flüsterte ihm ins Ohr:

– Westbrite!

Als die Quadrille vorbei war, ging Gabriel in eine ferne Ecke des Zimmers hinüber, wo die Mutter von Freddy Malins saß. Sie war eine rundliche schwache alte Frau mit weißem Haar. Ihre Rede ging nur stockend vonstatten wie die ihres Sohns, und sie stotterte leicht. Man hatte ihr gesagt, daß Freddy eingetroffen und beinahe in Ordnung sei. Gabriel fragte sie, ob sie eine gute Überfahrt gehabt habe. Sie lebte bei ihrer verheirateten Tochter in Glasgow und kam einmal im Jahr auf Besuch nach Dublin. Sie antwortete milde, daß sie eine wundervolle Überfahrt gehabt habe und daß der Kapitän höchst aufmerksam zu ihr gewesen sei. Sie sprach auch davon, wie wundervoll ihre Tochter in Glasgow wohnte, und von all den netten Bekannten, die sie dort hätten. Während ihre Zunge weiterplapperte, versuchte Gabriel, alle Erinnerung an den unangenehmen Vorfall mit Miss Ivors aus seinem Gedächtnis zu verbannen. Natürlich, das Mädchen oder die Frau, oder was immer sie war, war für ihre Sache begeistert, aber ein jegliches zu seiner Zeit. Vielleicht hätte er ihr nicht so antworten sollen. Aber sie hatte kein Recht, ihn vor anderen einen Westbriten zu nennen, auch im Scherz nicht. Sie hatte versucht, ihn vor anderen lächerlich zu machen, sie hatte gehechelt und ihn mit ihren Kaninchenaugen angestarrt.

Er sah, wie seine Frau zwischen den Walzer tanzenden Paaren sich den Weg zu ihm bahnte. Als sie bei ihm war, sagte sie ihm ins Ohr:

– Gabriel, Tante Kate möchte wissen, ob du nicht wie immer die Gans schneidest. Miss Daly schneidet den Schinken, und ich mach den Pudding.

– Ja gut, sagte Gabriel.

– Wenn dieser Walzer zu Ende ist, schickt sie zuerst die Jüngeren hinein, so daß wir dann den Tisch für uns haben.

– Hast du getanzt? fragte Gabriel.
– Natürlich. Hast du mich nicht gesehen? Worüber hast du dich mit Molly Ivors gestritten?
– Nicht gestritten. Wieso? Hat sie das gesagt?
– So was ähnliches. Ich versuche, diesen Mr. D'Arcy zum Singen zu kriegen. Er ist sehr eingebildet, glaub ich.
– Wir haben nicht gestritten, sagte Gabriel verdrossen, sie wollte nur, daß ich eine Reise nach Westirland mache, und ich habe ihr gesagt, ich will nicht.
Seine Frau preßte aufgeregt die Hände zusammen und schnellte ein wenig hoch.
– Ach, fahr doch, Gabriel, rief sie. Ich würde Galway liebend gern wiedersehn.
– Du kannst ja fahren, wenn du willst, sagte Gabriel kühl.
Sie sah ihn einen Augenblick an, wandte sich dann an Mrs. Malins und sagte:
– Das nenne ich mir einen netten Mann, Mrs. Malins.
Während sie sich durch das Zimmer zurückschlängelte, erzählte Mrs. Malins, ohne der Unterbrechung zu achten, Gabriel weiter, was für wundervolle Orte es in Schottland gab und was für wundervolle Landschaften. Ihr Schwiegersohn nehme sie jedes Jahr mit zu den Seen, und sie gingen immer angeln. Ihr Schwiegersohn sei ein hervorragender Angler. Eines Tages habe er einen Fisch gefangen, einen wundervollen großen Fisch, und der Mann im Hotel habe ihn ihnen zum Abendessen gekocht.
Gabriel hörte kaum zu. Jetzt, da das Essen nahe rückte, dachte er wieder über seine Rede nach und über das Zitat. Als er Freddy Malins quer durch das Zimmer auf seine Mutter zukommen sah, machte er ihm seinen Platz frei und zog sich in die Fensternische zurück. Das Zimmer hatte sich bereits geleert, und aus dem Hinterzimmer kam das Klappern von Tellern und Messern. Die noch im Salon geblieben waren, schienen das Tanzen leid zu sein und unterhielten sich ruhig in kleinen Gruppen. Gabriels warme

zitternde Finger pochten gegen die kalte Fensterscheibe. Wie kühl mußte es draußen sein! Wie angenehm wäre es, allein hinauszugehen, erst den Fluß entlang und dann durch den Park! Schnee läge auf den Zweigen und bildete eine helle Kappe oben auf dem Wellington-Denkmal. Wieviel angenehmer wäre es dort als an der Abendtafel!
Er überflog die Stichworte seiner Rede: irische Gastfreundschaft, traurige Erinnerungen, die Drei Grazien, Paris, das Browning-Zitat. Er wiederholte sich einen Satz, den er in seiner Rezension geschrieben hatte: *Man hat das Gefühl, gedankenzerquälter Musik zu lauschen.* Miss Ivors hatte die Rezension gelobt. War sie aufrichtig? Hatte sie wirklich ein eigenes Leben hinter all ihrem Propagandagetue? Bis zu diesem Abend hatte es zwischen ihnen niemals eine Verstimmung gegeben. Es machte ihn nervös, daran zu denken, daß sie an der Abendtafel sitzen und, während er sprach, mit ihren kritischen spöttisch prüfenden Augen zu ihm hochsehen würde. Vielleicht täte es ihr nicht leid, wenn seine Rede sich als Fehlschlag erwiese. Ein Gedanke kam ihm und gab ihm Mut. Er würde sagen, in Anspielung auf Tante Kate und Tante Julia: *Meine Damen und Herren, die jetzt dahinscheidende Generation in unserer Mitte mag ihre Fehler gehabt haben, doch ich für mein Teil bin der Meinung, daß sie gewisse Qualitäten der Gastfreundschaft, des Humors, der Menschlichkeit hatte, die mir der neuen und sehr ernsthaften und übergebildeten Generation, die um uns herum aufwächst, abzugehen scheinen.* Sehr gut: das war auf Miss Ivors gemünzt. Was kümmerte es ihn, daß seine Tanten nur zwei ungebildete alte Frauen waren?
Ein Gemurmel im Zimmer lenkte seine Aufmerksamkeit auf sich. Mr. Browne kam aus der Tür und eskortierte galant Tante Julia, die sich auf seinen Arm stützte, lächelte und den Kopf hängen ließ. Auch ein ungleichmäßiges Applaus-Musketenfeuer eskortierte sie bis zum Flügel

und verstummte dann allmählich, als Mary Jane sich auf den Hocker niederließ und Tante Julia, die nun nicht mehr lächelte, sich halb umwandte, um ihre Stimme voll in das Zimmer zu richten. Gabriel erkannte das Vorspiel. Es gehörte zu einem von Tante Julias alten Liedern – *Bräutlich geschmückt.* Ihre kräftige und klare Stimme ging die Läufe, die das Lied verzieren, mit großem Elan an, und obwohl sie sehr schnell sang, ließ sie auch nicht die kleinste Verzierungsnote aus. Der Stimme zu folgen, ohne der Sängerin ins Gesicht zu sehen, war, als empfände und teile man die Erregung raschen und sicheren Flugs. Gabriel klatschte wie alle anderen nach Schluß des Liedes laut, und lauter Beifall drang auch von der unsichtbaren Abendtafel her herein. Er klang dermaßen echt, daß Tante Julia eine leichte Röte auf ihrem Gesicht nicht unterdrücken konnte, als sie sich vorbeugte, um das alte, in Leder gebundene Liederbuch, das ihre Initialen auf dem Einband trug, in das Notengestell zurückzulegen. Freddy Malins, der mit schiefem Kopf gelauscht hatte, um sie besser zu hören, klatschte immer noch, als alle anderen aufgehört hatten, und sprach lebhaft auf seine Mutter ein, die zum Zeichen der Zustimmung ernst und langsam mit dem Kopfe nickte. Als er schließlich nicht mehr klatschen konnte, stand er plötzlich auf und eilte durchs Zimmer zu Tante Julia, ergriff ihre Hand, hielt sie in seinen beiden und schüttelte sie, da ihm die Worte ausgingen oder das Stocken in seiner Rede übermächtig wurde.

– Ich habe gerade zu meiner Mutter gesagt, sagte er, daß ich Sie nie so gut singen gehört habe, nie. Nein, noch nie war Ihre Stimme so schön wie heute abend, finde ich. Tja, nehmen Sie mir das ab? Es ist die Wahrheit. Auf Ehr und Gewissen, das ist die Wahrheit. Ich habe Ihre Stimme nie so frisch und so . . . so klar und frisch gehört, nie.

Tante Julia lächelte breit und murmelte etwas von Komplimenten, als sie ihre Hand aus seinem Griff befreite. Mr.

Browne streckte ihr seine offene Hand entgegen und sagte zu den Umstehenden in der Art eines Conferenciers, der seinem Publikum ein Wunderkind präsentiert:
– Miss Julia Morkan, meine neueste Entdeckung!
Er lachte selber sehr herzhaft darüber, als sich Freddy Malins nach ihm umdrehte und sagte:
– Also Browne, falls Sie's ernst meinen, Sie könnten schlechtere Entdeckungen machen. Ich kann nur sagen, ich habe sie nie halb so gut singen hören, solang ich hierherkomme. Das ist die lautere Wahrheit.
– Ich auch nicht, sagte Mr. Browne. Ich finde, ihre Stimme hat sich bedeutend entwickelt.
Tante Julia zuckte die Achseln und sagte mit sanftmütigem Stolz:
– Vor dreißig Jahren hatte ich im Vergleich gar keine so üble Stimme.
– Ich habe Julia oft gesagt, sagte Tante Kate mit Nachdruck, daß sie in diesem Chor einfach vergeudet worden ist. Aber sie wollte sich das von mir nie sagen lassen.
Sie sah sich um, als wolle sie die Vernunft der anderen gegen ein eigensinniges Kind zu Hilfe rufen, während Tante Julia vor sich hinblickte und ein unbestimmtes Lächeln der Erinnerung auf ihrem Gesicht spielte.
– Nein, fuhr Tante Kate fort, sie wollte sich das von niemand sagen lassen und auf niemand hören und hat sich in diesem Chor Tag und Nacht abgerackert, Tag und Nacht. Um sechs Uhr früh am Weihnachtsmorgen! Und wofür das alles?
– Nun, doch wohl zur Ehre Gottes, nicht wahr, Tante Kate? fragte Mary Jane, die sich auf dem Klavierhocker umdrehte und lächelte.
Tante Kate drehte sich zornig nach ihrer Nichte um und sagte:
– Über die Ehre Gottes weiß ich genug, Mary Jane, aber ich finde, es ist alles andere als ehrenhaft vom Papst, die Frauen aus den Chören hinauszusetzen, die sich da ihr

ganzes Leben lang abgerackert haben, und ihnen kleine Knirpse vor die Nase zu setzen. Wahrscheinlich ist es zum Besten der Kirche, wenn der Papst das macht. Aber es ist nicht gerecht, Mary Jane, und es ist nicht richtig.
Sie hatte sich in Hitze geredet und wäre in der Verteidigung ihrer Schwester fortgefahren, denn es war ein wunder Punkt für sie, aber Mary Jane, die sah, daß alle Tänzer zurückgekommen waren, unterbrach beschwichtigend:
– Also, Tante Kate, du bringst uns in Mißkredit bei Mr. Browne, der zur anderen Konfession gehört.
Tante Kate wandte sich an Mr. Browne, der über diese Anspielung auf seine Konfession grinste, und sagte eilig:
– Oh, ich zweifle gar nicht daran, daß der Papst im Recht ist. Ich bin nur eine dumme alte Frau und würde mich nicht unterstehen. Aber es gibt doch so etwas wie gewöhnliche alltägliche Höflichkeit und Dankbarkeit. Und wenn ich an Julias Stelle wäre, ich würde das Pater Healy geradewegs ins Gesicht sagen . . .
– Und außerdem, Tante Kate, sagte Mary Jane, sind wir wirklich alle hungrig, und wenn wir hungrig sind, sind wir alle sehr streitsüchtig.
– Und wenn wir durstig sind, sind wir auch streitsüchtig, setzte Mr. Browne hinzu.
– So daß wir jetzt besser zum Abendessen gehen, sagte Mary Jane, und die Diskussion nachher zu Ende bringen.
Auf dem Treppanabsatz vor dem Salon fand Gabriel seine Frau und Mary Jane dabei, Miss Ivors zuzureden, daß sie doch zum Abendessen bliebe. Aber Miss Ivors, die den Hut aufgesetzt hatte und gerade ihren Mantel zuknöpfte, wollte nicht bleiben. Sie habe überhaupt keinen Hunger und sei bereits zu lange geblieben.
– Nur für zehn Minuten, Molly, sagte Mrs. Conroy. Das hält Sie doch nicht auf.
– Nur auf einen Happen, sagte Mary Jane, nachdem Sie soviel getanzt haben.

– Ich kann wirklich nicht, sagte Miss Ivors.
– Ich fürchte, es hat Ihnen gar nicht gefallen, sagte Mary Jane hoffnungslos.
– Aber wie, ich schwör's, sagte Miss Ivors, doch jetzt müssen Sie mich wirklich gehen lassen.
– Aber wie kommen Sie nach Hause? fragte Mrs. Conroy.
– Es ist doch nur ein paar Schritte den Quay hinauf.
Gabriel zögerte einen Augenblick und sagte:
– Erlauben Sie mir doch, Sie nach Hause zu bringen, wenn Sie unbedingt gehen müssen.
Aber Miss Ivors machte sich von ihnen los.
– Das kommt gar nicht in Frage, rief sie. Um Himmels willen, geht zu eurem Essen und kümmert euch nicht um mich. Ich komme durchaus alleine zurecht.
– Na, Sie sind mir ein komisches Mädchen, Molly, sagte Mrs. Conroy geradeheraus.
– *Beannacht libh,* rief Miss Ivors lachend, während sie die Treppe hinunterrannte.
Mary Jane sah ihr mit verdrossener fragender Miene nach, während sich Mrs. Conroy über das Geländer lehnte, um die Haustür zu hören. Gabriel fragte sich, ob er die Ursache ihres jähen Aufbruchs sei. Schlechter Laune schien sie jedoch nicht gewesen zu sein: sie war lachend davongegangen. Er starrte ratlos die Treppe hinunter.
In diesem Augenblick kam Tante Kate aus dem Eßzimmer gewatschelt und rang vor Verzweiflung fast die Hände.
– Wo ist Gabriel? rief sie. Wo ist Gabriel bloß? Alle warten sie drinnen, die Bühne ist frei, und keiner, der die Gans schneidet!
– Hier bin ich, Tante Kate! rief Gabriel, plötzlich ganz munter, und wenn nötig, schneide ich eine ganze Herde Gänse.
Eine fette braune Gans lag am einen Ende des Tisches, und am anderen Ende lag auf einer Lagerstatt aus geknittertem, mit Petersilienzweigen übersätem Papier ein mit Bröt-

krumen bestreuter großer Schinken, dessen Außenhaut entfernt und um dessen Knochen eine gefällige Papierkrause gewickelt war, um die herum gewürztes Rindfleisch lag. Zwischen diesen rivalisierenden Tischenden verliefen parallele Reihen von Nebengerichten: zwei kleine Dome aus Gelee, rot und gelb; eine flache Schale mit Blancmanger-Würfeln und roter Konfitüre, eine große grüne blattförmige Schale mit stengelförmigem Griff, auf der rote Weintrauben und geschälte Mandeln lagen, eine dazu passende Schale, auf der ein kompaktes Rechteck aus Smyrnafeigen lag, eine Schale mit Custard und geriebener Muskatnuß obendrauf, eine kleine Schüssel mit Pralinen und anderen Süßigkeiten in goldenem und silbernem Papier sowie eine Glasvase, in der einige lange Selleriestengel staken. In der Mitte des Tisches standen, als Wachtposten vor einer Obstschale, die eine Pyramide aus Apfelsinen und amerikanischen Äpfeln aufrecht hielt, zwei gedrungene altmodische Kristallkaraffen, von denen eine Portwein und die andere dunklen Sherry enthielt. Auf dem geschlossenen Klavier stand in einer riesigen gelben Schüssel ein Pudding in Hab-acht-Stellung, und dahinter befanden sich drei Trupp Stout- und Ale- und Mineralwasserflaschen, zusammengestellt nach den Farben ihrer Uniformen, die ersten beiden schwarz, mit braunen und roten Etiketten, der dritte und kleinste Trupp weiß, mit schrägen grünen Schärpen.
Gabriel nahm kühn am Kopfende des Tisches seinen Platz ein, prüfte die Klinge des Tranchiermessers und steckte seine Gabel fest in die Gans. Er war jetzt ganz entspannt, denn er verstand sich aufs Schneiden und genoß nichts so sehr, wie am Kopfende eines reich gedeckten Tisches zu sitzen.
– Miss Furlong, was darf ich Ihnen expedieren? fragte er. Flügel oder eine Scheibe Brust?
– Nur eine kleine Scheibe Brust.

– Miss Higgins, was möchten Sie?
– Mir ist es gleich, Mr. Conroy.
Während Gabriel und Miss Daly Teller mit Gans und Teller mit Schinken und gewürztem Rindfleisch weiterreichten, ging Lily von Gast zu Gast mit einer Schüssel heißer mehliger Kartoffeln, die in eine weiße Serviette gewickelt waren. Das war Mary Janes Einfall gewesen, und sie hatte auch Apfelmus zu der Gans vorgeschlagen, doch Tante Kate hatte gesagt, daß einfacher Gänsebraten ohne Apfelmus immer gut genug für sie gewesen sei und sie hoffe, nie Schlechteres essen zu müssen. Mary Jane bediente ihre Schüler und achtete darauf, daß sie die besten Scheiben bekamen, und Tante Kate und Tante Julia öffneten Stout- und Ale-Flaschen für die Herren und Mineralwasserflaschen für die Damen und brachten sie vom Klavier herüber. Es herrschte reichlich Verwirrung und Gelächter und Lärm, der Lärm von Bestellungen und Umbestellungen, von Messern und Gabeln, von Korken und Glasstöpseln. Sobald er mit der ersten Runde fertig war, begann Gabriel zweite Portionen zu schneiden, ohne sich selber etwas zu nehmen. Alle widersprachen laut, so daß er als Kompromiß einen langen Zug Stout nahm, denn bei der Arbeit des Schneidens war ihm heiß geworden. Mary Jane setzte sich still zum Essen nieder, aber Tante Kate und Tante Julia watschelten immer noch um den Tisch, traten einander auf die Fersen, kamen sich in die Quere und gaben einander unbeachtete Anweisungen. Mr. Browne bat sie, sich zu setzen und selber zu essen, und Gabriel tat desgleichen, aber sie sagten, dafür bleibe noch Zeit genug, so daß Freddy Malins schließlich aufstand, Tante Kate griff und unter allgemeinem Gelächter auf ihren Stuhl plumpsen ließ.
Als alle reichlich bedacht waren, sagte Gabriel lächelnd:
– Wenn noch jemand etwas Füllung wünscht, wie das gemeine Volk das nennt, so soll er oder sie es sagen.

Ein Chor von Stimmen forderte ihn auf, nun selber mit dem Essen zu beginnen, und Lily kam herbei mit drei Kartoffeln, die sie für ihn aufgehoben hatte.
– Also gut, sagte Gabriel liebenswürdig, während er einen weiteren vorbereitenden Schluck nahm, dann vergessen Sie bitte ein paar Minuten lang meine Existenz, meine Damen und Herren.
Er machte sich an sein Essen und nahm nicht an der Unterhaltung teil, mit der die Tafel übertönte, wie Lily das Geschirr abräumte. Thema der Unterhaltung war die Operntruppe, die gerade im Theatre Royal gastierte. Mr. Bartell D'Arcy, der Tenor, ein junger Mann mit dunkler Haut und einem forschen Schnurrbart, rühmte in hohen Tönen die erste Altistin der Truppe, aber Miss Furlong meinte, ihr Gesangstil sei ziemlich vulgär. Freddy Malins sagte, im zweiten Teil der Pantomime im Gaiety singe ein Negerhäuptling mit einer der besten Tenorstimmen, die er je gehört habe.
– Haben Sie ihn gehört? fragte er Mr. Bartell D'Arcy über den Tisch hinweg.
– Nein, antwortete Mr. Bartell D'Arcy unaufmerksam.
– Weil es mich nämlich, erklärte Freddy Malins, interessieren würde, Ihre Meinung über ihn zu hören. Ich finde, er hat eine großartige Stimme.
– Es braucht Teddy, daß man erfährt, was wirklich etwas taugt, sagte Mr. Browne ungezwungen zu der Tafel.
– Und wieso kann er denn nicht eine gute Stimme haben? fragte Freddy Malins scharf. Etwa weil er nur ein Schwarzer ist?
Niemand antwortete auf diese Frage, und Mary Jane brachte das Gespräch zurück auf die richtige Oper. Eine ihrer Schülerinnen habe ihr eine Freikarte für *Mignon* gegeben. Es sei natürlich sehr schön gewesen, sagte sie, aber es habe sie an die arme Georgina Burns erinnert. Mr. Browne konnte noch weiter zurückdenken, an die alten

italienischen Truppen, die früher immer nach Dublin gekommen waren – Tietjens, Ilma de Murzka, Campanini, die große Trebelli, Giuglini, Ravelli, Aramburo. Das waren Zeiten, sagte er, wo man in Dublin noch richtigen Gesang hören konnte. Er erzählte auch, daß der Olymp des alten Royal Abend für Abend brechend voll gewesen war, daß ein italienischer Tenor eines Abends *Laßt mich fallen als Soldat* fünfmal wiederholt und dabei jedesmal das hohe C geschafft hatte und daß die Jungs auf dem Olymp manchmal in ihrer Begeisterung die Pferde von der Kutsche einer großen Primadonna abspannten und sie eigenhändig durch die Straßen zu ihrem Hotel zogen. Warum gaben sie die großen alten Opern heutzutage nicht mehr, fragte er, *Dinorah, Lucrezia Borgia?* Weil sie keine Stimmen mehr dafür zusammenbekämen: das sei der Grund.
– Ach was, sagte Mr. Bartell D'Arcy, ich glaube, daß es heute genauso viele gute Sänger gibt wie damals.
– Wo sind sie denn? fragte Mr. Browne herausfordernd.
– In London, Paris, Mailand, sagte Mr. Bartell D'Arcy hitzig. Ich vermute, daß Caruso zum Beispiel genauso gut, wenn nicht besser ist als all die Sänger, die Sie erwähnt haben.
– Kann schon sein, sagte Mr. Browne. Aber ich darf Ihnen sagen, ich habe da meine Zweifel.
– Ach, was gäbe ich nicht darum, wenn ich Caruso hören könnte, sagte Mary Jane.
– Für mich, sagte Tante Kate, die an einem Knochen geknabbert hatte, gab es nur einen Tenor. Der mir gefiel, meine ich. Aber wahrscheinlich hat niemand hier je von ihm gehört.
– Wer war das, Miss Morkan? fragte Mr. Bartell D'Arcy höflich.
– Er hieß, sagte Tante Kate, Parkinson. Ich habe ihn gehört, als er auf dem Höhepunkt war, und ich glaube, er hatte damals den reinsten Tenor, der je der Kehle eines Mannes gegeben war.

– Sonderbar, sagte Mr. Bartell D'Arcy. Ich habe noch nicht einmal von ihm gehört.
– Ja, ja, Miss Morkan hat recht, sagte Mr. Browne. Ich erinnere mich, von dem alten Parkinson gehört zu haben, aber er liegt viel zu weit zurück für mich.
– Ein schöner reiner lieblicher voller englischer Tenor, sagte Tante Kate mit Begeisterung.
Da Gabriel fertig war, wurde der gewaltige Pudding auf den Tisch transferiert. Das Geklapper der Gabeln und Löffel begann von neuem. Gabriels Frau tat Puddingportionen auf die Teller und reichte diese den Tisch hinunter. Auf halbem Wege wurden sie von Mary Jane aufgehalten, die sie mit Himbeer- oder Orangengelee oder mit Blancmanger und Konfitüre auffüllte. Der Pudding war Tante Julias Werk, und sie wurde seinetwegen allseits gelobt. Sie selber sagte, er sei nicht braun genug.
– Na, ich hoffe, Miss Morkan, sagte Mr. Browne, ich bin Ihnen braun genug, denn ich bin ja, nicht wahr, ganz und gar braun.
Alle Herren außer Gabriel aßen aus Höflichkeit Tante Julia gegenüber etwas Pudding. Da Gabriel niemals süße Speisen aß, war der Sellerie für ihn aufgehoben worden. Auch Freddy Malins nahm einen Selleriestengel und aß ihn zu seinem Pudding. Er hatte gehört, daß Sellerie hervorragend fürs Blut wäre, und er befand sich gerade in ärztlicher Behandlung. Mrs. Malins, die während des ganzen Essens geschwiegen hatte, sagte, ihr Sohn fahre in etwa einer Woche nach Mount Melleray. Daraufhin redete die Tafel über Mount Melleray, wie kräftigend die Luft dort unten wäre, wie gastfreundlich die Mönche wären und wie sie nie einen Penny von ihren Gästen verlangten.
– Und Sie wollen wirklich sagen, fragte Mr. Browne ungläubig, man kann da einfach hinfahren und sich einquartieren wie in einem Hotel und herrlich und in Freuden leben, und das kostet einen am Ende keinen Heller?

– Naja, die meisten spenden etwas für das Kloster, wenn sie abreisen, sagte Mary Jane.
– Ich wünschte, wir hätten so eine Einrichtung in unserer Kirche, sagte Mr. Browne ungeniert.
Er war erstaunt, als er hörte, daß die Mönche niemals sprachen, um zwei Uhr morgens aufstanden und in ihren Särgen schliefen. Er fragte, wozu sie das machten.
– Das ist die Ordensregel, sagte Tante Kate fest.
– Naja, aber warum? fragte Mr. Browne.
Tante Kate wiederholte, das sei eben die Regel, das sei alles. Mr. Browne schien immer noch nicht zu verstehen. Freddy Malins erklärte ihm, so gut er konnte, daß die Mönche für die Sünden Buße zu leisten suchten, die all die Sünder in der Welt draußen begangen hätten. Die Erklärung war nicht gerade sehr einleuchtend, denn Mr. Browne grinste und sagte:
– Ich finde die Idee ja sehr schön, aber täte nicht ein bequemes Bett mit Sprungfedern dieselben Dienste wie ein Sarg?
– Der Sarg, sagte Mary Jane, soll sie an ihre letzte Stunde gemahnen.
Da das Thema so makaber geworden war, wurde es im Schweigen der Tafel begraben, während dessen man Mrs. Malins undeutlich und gedämpft zu ihrem Nachbarn sagen hören konnte:
– Es sind sehr gute Menschen, die Mönche, sehr fromme Menschen.
Nun wurden die Weintrauben und Mandeln und Feigen und Äpfel und Apfelsinen und Pralinen und Süßigkeiten herumgereicht, und Tante Julia bat alle Gäste, entweder Portwein oder Sherry zu nehmen. Anfangs lehnte Mr. Bartell D'Arcy beides ab, aber einer seiner Nachbarn stieß ihn leicht an und flüsterte ihm etwas ins Ohr, woraufhin er sich sein Glas vollschenken ließ. Als die letzten Gläser vollgeschenkt wurden, verstummte die Unterhaltung

langsam. Ein Schweigen trat ein, das nur von dem Geräusch des Weines und dem Rücken der Stühle gestört wurde. Die Jungfern Morkan blickten alle drei auf die Tischdecke hinunter. Jemand hüstelte ein paarmal, und dann klopften einige Herren zum Zeichen, daß nunmehr um Ruhe gebeten wurde, leicht auf den Tisch. Es wurde ruhig, und Gabriel schob seinen Stuhl zurück und stand auf.

Das Klopfen wurde sogleich lauter, zur Ermunterung, und hörte dann ganz auf. Gabriel stützte seine zehn zitternden Finger auf die Tischdecke und lächelte nervös in die Gesellschaft hinein. Da ihm eine Reihe aufwärts gewandter Gesichter begegnete, hob er die Augen zum Kronleuchter. Der Flügel spielte einen Walzer, und er konnte hören, wie die Röcke die Tür zum Salon streiften. Vielleicht standen jetzt draußen im Schnee auf dem Quay Menschen, spähten zu den erleuchteten Fenstern hinauf und lauschten der Walzermusik. Die Luft dort war rein. In der Ferne lag der Park, wo Schnee auf den Bäumen lastete. Das Wellington-Denkmal trug eine glitzernde Schneekappe, die gen Westen über das weiße Feld von Fifteen Acres funkelte.

Er begann:

– Meine Damen und Herren.

– Es ist mir heute abend, wie in vergangenen Jahren, eine sehr schmeichelhafte Pflicht zugefallen, eine Pflicht indes, der meine mäßige Rednergabe wohl leider allzuwenig gewachsen ist.

– Nein, nein! sagte Mr. Browne.

– Doch wie dem auch sein mag, ich kann Sie heute abend nur bitten, den Willen für die Tat zu nehmen und mir für einige Augenblicke Ihre Aufmerksamkeit zu leihen, während ich mich bemühe, Ihnen in Worten auszudrücken, was ich bei diesem Anlaß empfinde.

– Meine Damen und Herren. Es ist dies nicht das erste

Mal, daß wir uns unter diesem gastlichen Dach, um diese gastliche Tafel zusammengefunden haben. Es ist dies nicht das erste Mal, daß wir die Nutznießer – oder vielleicht sollte ich besser sagen: die Opfer – der Gastfreundschaft gewisser vortrefflicher Damen geworden sind.
Er beschrieb mit dem Arm einen Kreis in der Luft und hielt ein. Alle lachten oder lächelten Tante Kate und Tante Julia und Mary Jane zu, die vor Freude tief erröteten. Gabriel fuhr kühner fort:
– Mit jedem neuen Jahr empfinde ich lebhafter, daß unser Land keine Tradition hat, die ihm so zur Ehre gereicht und die es so eifersüchtig hüten sollte wie die seiner Gastfreundlichkeit. Es ist eine Tradition, die unter den heutigen Völkern einmalig dasteht, soweit meine Erfahrung reicht (und ich bin an nicht wenigen Orten im Ausland gewesen). Vielleicht würde der eine oder andere sagen, daß sie bei uns eher eine Schwäche ist als etwas, dessen wir uns brüsten könnten. Doch selbst, wenn wir das einräumen, ist es meiner Meinung nach eine fürstliche Schwäche und eine, die unter uns hoffentlich noch recht lange gehegt und gepflegt wird. In einem Punkt zumindest bin ich sicher. Solange dieses eine Dach die oberwähnten vortrefflichen Damen beherbergt – und ich wünsche von Herzen, daß es das noch viele lange Jahre tun wird –, solange ist auch die Tradition der echten warmherzigen höflichen irischen Gastfreundlichkeit, die unsere Vorväter uns überliefert haben und die wir unsererseits unseren Nachkommen überliefern müssen, noch lebendig bei uns.
Ein herzhaftes Gemurmel der Zustimmung lief um den Tisch. Es schoß Gabriel durch den Kopf, daß Miss Ivors nicht da war und daß sie unhöflicherweise gegangen war: und er sagte mit Selbstvertrauen:
– Meine Damen und Herren.
– Eine neue Generation wächst in unserer Mitte heran, eine Generation, die von neuen Gedanken und neuen

Prinzipien geleitet wird. Sie nimmt diese neuen Gedanken ernst und begeistert sich für sie, und ihre Begeisterung ist, wie ich glaube, selbst wo sie irregeleitet ist, im großen und ganzen aufrichtig. Doch wir leben in einer skeptischen und, wenn ich das Wort gebrauchen darf, einer gedankenzerquälten Zeit: und zuweilen habe ich die Befürchtung, daß dieser neuen Generation, gebildet oder übergebildet, wie sie ist, diese Qualitäten der Menschlichkeit, der Gastfreundschaft, des liebenswürdigen Humors, die einer älteren Epoche angehörten, abgehen werden. Als ich heute abend die Namen all jener großen Sänger der Vergangenheit hörte, da kam es mir vor, muß ich gestehen, als lebten wir in einer weniger weiträumigen Zeit. Jene Epoche könnte, ohne Übertreibung, eine weiträumige Epoche genannt werden: und wenn sie auch unwiderruflich dahin gegangen ist, so wollen wir doch wenigstens hoffen, daß wir bei einem Beisammensein wie diesem von ihr auch weiterhin mit Stolz und Liebe sprechen, daß wir im Herzen weiterhin das Gedächtnis an jene toten und von uns gegangenen Großen bewahren, deren Ruhm die Welt freiwillig nicht wird vergehen lassen.

– Bravo! sagte Mr. Browne laut.

– Dennoch, fuhr Gabriel fort und milderte den Ton seiner Stimme, kommen uns immer bei einem Beisammensein wie diesem traurigere Gedanken in den Sinn: Gedanken an die Vergangenheit, an die Jugend, an Veränderungen, an abwesende Gesichter, die wir heute abend hier vermissen. Unser Lebensweg ist mit vielen solchen traurigen Erinnerungen übersät: und grübelten wir ständig über sie nach, so fänden wir das Herz nicht, unerschrocken unter den Lebenden weiter zu wirken. Alle haben wir lebendige Pflichten und lebendige Neigungen, die unsere eifrigen Anstrengungen beanspruchen, und zwar zu Recht beanspruchen.

– Darum will ich nicht bei der Vergangenheit verweilen.

Ich will nicht, daß düsteres Moralisieren sich uns hier heute abend aufdrängt. Hier sind wir für eine kurze Weile beisammen, fern von dem Gewühl und der Hetze unseres Alltags. Wir sind als Freunde hier zusammengekommen, im Geiste der Geselligkeit, in gewissem Maße auch als Kollegen, im echten Geist der *camaraderie,* und als Gäste der – wie soll ich sie nennen? – der Drei Grazien der musikalischen Welt von Dublin.

Die Tafel brach bei diesem Geistesblitz in Beifall und Lachen aus. Tante Julia bat in vergeblichem Bemühen der Reihe nach jeden ihrer Nachbarn, ihr zu verraten, was Gabriel gesagt habe.

– Er sagt, wir sind die Drei Grazien, Tante Julia, sagte Mary Jane.

Tante Julia begriff nicht, sah jedoch lächelnd zu Gabriel auf, der in der gleichen Art fortfuhr:

– Meine Damen und Herren.

– Ich will gar nicht erst den Versuch machen, heute abend die Rolle zu spielen, die Paris bei anderer Gelegenheit gespielt hat. Ich will gar nicht erst den Versuch machen, eine Wahl zwischen ihnen zu treffen. Es wäre ein anmaßendes Unterfangen, und es läge jenseits meiner bescheidenen Kräfte. Denn wenn ich sie mir so der Reihe nach ansehe, unsere Hauptgastgeberin selber, deren gutes Herz, deren allzu gutes Herz unter allen, die sie kennen, sprichwörtlich geworden ist, oder ihre Schwester, die mit ewiger Jugend gesegnet zu sein scheint und deren Gesang heute abend für uns alle eine Überraschung und eine Offenbarung gewesen sein muß, oder, *last but not least,* wenn ich unsere jüngste Gastgeberin bedenke, begabt, heiter, hart arbeitend und die beste Nichte, die man sich nur vorstellen kann, dann, meine Damen und Herren, muß ich gestehen, daß ich nicht wüßte, welcher von ihnen ich den Preis zuerkennen sollte.

Gabriel blickte zu seinen Tanten hinunter, und als er das

breite Lächeln auf Tante Julias Gesicht bemerkte und die Tränen, die Tante Kate in die Augen gestiegen waren, beeilte er sich, zum Ende zu kommen. Galant hob er sein Glas Portwein, während alle übrigen Gäste erwartungsvoll an ihren Gläsern fingerten, und sagte laut:
– Trinken wir also auf alle drei zusammen. Trinken wir auf ihre Gesundheit, ihr Gedeihen, ein langes Leben, Glück und Wohlergehen, und daß sie lange die stolze Stellung bewahren, die sie sich in ihrem Berufe selbst errungen haben, und die Ehre und Liebe, die ihnen in unseren Herzen gehören.
Alle Gäste erhoben sich mit dem Glas in der Hand, wandten sich den drei Damen zu, die sitzengeblieben waren, und sangen einstimmig, unter der Leitung von Mr. Browne:

For they are jolly gay fellows,
For they are jolly gar fellows,
For they are jolly gay fellows,
Which nobody can deny.

Tante Kate machte freimütigen Gebrauch von ihrem Taschentuch, und selbst Tante Julia schien bewegt. Freddy Malins schlug mit seiner Puddinggabel den Takt, und die Sänger wandten sich wie in einer melodischen Konferenz einander zu, während sie mit Nachdruck sangen:

Unless he tells a lie,
Unless he tells a lie.

Dann wandten sie sich erneut zu ihren Gastgeberinnen und sangen:

For they are jolly gay fellows,
For they are jolly gay fellows,
For they are jolly gay fellows,
Which nobody can deny.

Der folgende Beifall wurde jenseits der Eßzimmertür von vielen der anderen Gäste aufgenommen und hob immer wieder von neuem an, während Freddy Malins mit seiner hochgereckten Gabel als Obmann amtierte.

. . . .

Die stechende Morgenluft drang in den Flur, wo sie standen, so daß Tante Kate sagte:
– Mach doch jemand die Tür zu. Mrs. Malins holt sich noch den Tod von der Kälte.
– Browne ist draußen, Tante Kate, sagte Mary Jane.
– Browne ist überall, sagte Tante Kate mit gesenkter Stimme.
Mary Jane lachte über ihren Ton.
– Aber er ist doch sehr aufmerksam, sagte sie schalkhaft.
– Er kommt einem ins Haus wie das Gas, sagte Tante Kate im gleichen Ton, die ganze Weihnachtszeit über.
Diesmal lachte sie selber gutmütig und fügte dann schnell hinzu:
– Aber sag ihm, er soll hereinkommen, Mary Jane, und mach die Tür zu. O Gott, hoffentlich hat er mich nicht gehört.
In diesem Augenblick wurde die Haustür weit geöffnet, Mr. Browne kam von der Vordertreppe herein und wollte sich kaputtlachen. Er hatte einen langen grünen Mantel mit Manschetten und Kragen aus einer Astrachan-Imitation an und eine ovale Pelzmütze auf dem Kopf. Er zeigte den verschneiten Quay hinunter, von wo der Klang schrillen anhaltenden Pfeifens hereingetragen wurde.
– Teddy bringt noch alle Dubliner Droschken in Trab, sagte er.
Gabriel trat aus der kleinen Vorratskammer hinter dem Büro, kämpfte sich in seinen Mantel, sah sich im Flur um und sagte:
– Ist Gretta noch nicht unten?

– Sie zieht sich gerade an, Gabriel, sagte Tante Kate.
– Wer spielt denn da oben? fragte Gabriel.
– Niemand. Sie sind alle weg.
– Nein, Tante Kate, sagte Mary Jane. Bartell D'Arcy und Miss O'Callaghan sind noch nicht weg.
– Jedenfalls klimpert jemand auf dem Flügel, sagte Gabriel.
Mary Jane warf einen Blick auf Gabriel und Mr. Browne und sagte fröstelnd:
– Mir wird kalt, wenn ich euch zwei Herren so eingemummelt sehe. Ich möchte eure Heimfahrt zu dieser Stunde nicht vor mir haben.
– Und mir, sagte Mr. Browne mannhaft, wäre im Augenblick nichts lieber als ein schöner muntrer Spaziergang auf dem Land oder eine schnelle Wagenfahrt mit einem guten flinken Traber zwischen den Deichseln.
– Zu Hause hatten wir einen sehr guten Einspänner, sagte Tante Julia wehmütig.
– Der unvergeßliche Johnny, sagte Mary Jane lachend.
Auch Tante Kate und Gabriel lachten.
– Wieso, was war denn Besonderes an Johnny? fragte Mr. Browne.
– Der selige Patrick Morkan, unser Großvater, heißt das, erläuterte Gabriel, in fortgeschrittenen Jahren allgemein als der Alte Herr bekannt, war Leimsieder.
– Aber, aber, Gabriel, sagte Tante Kate lachend, er hatte eine Stärkemühle.
– Naja, Leim oder Stärke, sagte Gabriel, jedenfalls hatte der Alte Herr ein Pferd namens Johnny. Und Johnny arbeitete in der Mühle des Alten Herrn und lief immer im Kreis herum, um die Mühle zu treiben. Soweit schön und gut; aber jetzt kommt der tragische Teil über Johnny. Eines schönen Tages kam der Alte Herr auf den Gedanken, mit der vornehmen Welt zu einer Militärparade im Park auszufahren.

– Gott sei seiner Seele gnädig, sagte Tante Kate mitleidsvoll.

– Amen, sagte Gabriel. So schirrte der Alte Herr wie gesagt also Johnny an und setzte seinen allerbesten Zylinder auf und legte seinen allerbesten Stehkragen um und kutschierte in großem Stil aus dem Herrensitz seiner Ahnen irgendwo in der Nähe der Back Lane, glaub ich.

Alle, selbst Mrs. Malins, lachten über die Art, wie Gabriel das erzählte, und Tante Kate sagte:

– Aber, aber, Gabriel, er hat doch nun wirklich nicht in der Back Lane gewohnt. Da war nur die Mühle.

– Aus dem Herrensitz seiner Vorväter, fuhr Gabriel fort, lenkte er Johnny und sein Gespann. Und alles verlief prachtvoll, bis Johnny des Denkmals von König Billy ansichtig wurde: und ob er sich nun in das Pferd verliebte, auf dem König Billy sitzt, oder ob er meinte, er wäre wieder in der Mühle, jedenfalls begann er um das Denkmal herumzulaufen.

Gabriel schritt in seinen Galoschen unter dem Gelächter der anderen im Flur im Kreise herum.

– Ein ums andere Mal ging er im Kreis, sagte Gabriel, und der Alte Herr, der ein sehr großspuriger Alter Herr war, war höchlich erbost. *Weiter, Sir! Was soll das heißen, Sir? Johnny! Johnny! Höchst ungewöhnliches Verhalten! Begreife das Pferd nicht!*

Das schallende Gelächter, das Gabriels Wiedergabe des Vorfalls folgte, wurde von lautem Klopfen an der Haustür unterbrochen. Mary Jane lief schnell hin, um sie zu öffnen, und ließ Freddy Malins ein. Freddy Malins, den Hut weit zurückgeschoben und die Schultern vor Kälte hochgezogen, keuchte und dampfte nach seinen Anstrengungen.

– Ich konnte nur eine Droschke auftreiben, sagte er.

– Ach, wir finden schon irgendwo am Quay noch eine, sagte Gabriel.

– Ja, sagte Tante Kate. Besser, wir lassen Mrs. Malins nicht länger im Zug stehen.
Ihr Sohn und Mr. Browne halfen Mrs. Malins die Treppe vor dem Haus hinab und hievten sie nach vielen Manövern in die Droschke. Freddy Malins kletterte nach ihr hinein und verbrachte längere Zeit damit, sie auf ihrem Platz unterzubringen, während Mr. Browne ihm mit Rat zur Seite stand. Endlich war sie bequem untergebracht, und Freddy Malins bat Mr. Browne zu sich in die Droschke. Es gab eine Menge wirres Gerede, und dann stieg Mr. Browne in die Droschke. Der Droschkenkutscher legte sich seine Decke über die Knie und beugte sich herunter, um die Adresse zu erfahren. Die Verwirrung wurde größer, und der Kutscher erhielt verschiedene Anweisungen von Freddy Malins und Mr. Browne, die beide ihren Kopf aus anderen Fenstern der Droschke steckten. Die Schwierigkeit bestand darin, zu ermitteln, wo Mr. Browne unterwegs abgesetzt werden sollte, und Tante Kate, Tante Julia und Mary Jane halfen der Diskussion von der Türschwelle aus mit wechselseitigen Anweisungen und Widersprüchen und reichlichem Lachen nach. Freddy Malins hatte das Lachen der Sprache beraubt. Alle Augenblicke steckte er unter großer Gefahr für seinen Hut den Kopf aus dem Fenster und zog ihn wieder ein, um seine Mutter vom Fortgang der Diskussion zu unterrichten, bis Mr. Browne, das allgemeine Lachen überdröhnend, schließlich dem verdutzten Kutscher zurief:
– Kennen Sie Trinity College?
– Ja, Sir, sagte der Kutscher.
– Gut, fahren Sie knallhart ans Portal von Trinity College, sagte Mr. Browne, und dann sagen wir Ihnen, wie's weitergeht. Haben Sie jetzt kapiert?
– Jawohl, Sir, sagte der Kutscher.
– Also was das Zeug hält zum Trinity College.
– Jawohl, Sir, rief der Kutscher.

Die Peitsche setzte das Pferd in Trab, und zu einem Chor von Lachen und Abschiedsgrüßen rasselte die Droschke über den Quay davon.

Gabriel war nicht mit den anderen zur Tür gegangen. Er stand im dunklen Teil des Flurs und spähte die Treppe hinauf. Eine Frau stand etwas unterhalb des ersten Treppenabsatzes, auch sie im Schatten. Er konnte ihr Gesicht nicht sehen, aber er sah die terrakottafarbenen und lachsroten Applikationen auf ihrem Rock, die der Schatten schwarz und weiß wirken ließ. Es war seine Frau. Sie lehnte am Geländer und hörte auf etwas. Ihre Reglosigkeit erstaunte Gabriel, und er strengte sein Ohr an, um auch zu lauschen. Aber er konnte wenig hören, außer dem lauten Lachen und Disputieren vor der Haustür, ein paar Akkorden, die auf dem Flügel angeschlagen wurden, und ein paar Tönen, die eine Männerstimme sang.

Er stand reglos in der Düsternis des Flurs, versuchte das Lied zu erkennen, das die Stimme sang, und spähte zu seiner Frau hinauf. In ihrer Haltung lagen Anmut und Geheimnis, als sei sie ein Symbol für irgend etwas. Er fragte sich, wofür eine Frau, die im Schatten auf der Treppe steht und ferner Musik lauscht, wohl ein Symbol sei. Wäre er Maler, so würde er sie in dieser Haltung malen. Ihr blauer Filzhut würde die Bronze ihres Haars von der Dunkelheit abheben, und die dunklen Applikationen auf ihrem Rock würden die hellen abheben. *Ferne Musik* würde er das Bild nennen, wäre er Maler.

Die Haustür wurde geschlossen; und Tante Kate, Tante Julia und Mary Jane kamen, immer noch lachend, den Flur entlang.

– Ist Freddy nicht schrecklich? fragte Mary Jane. Er ist wirklich schrecklich.

Gabriel sagte nichts, sondern zeigte die Treppe hinauf dorthin, wo seine Frau stand. Jetzt, da die Haustür geschlossen war, konnte man Stimme und Flügel deutlicher hören. Gabriel hob die Hand, um um Ruhe zu bitten. Das Lied schien in der alten irischen Tonart gehalten, und der Sänger schien seiner Worte wie seiner Stimme unsicher zu sein. Die Stimme, von ihrer Ferne und der Heiserkeit des Sängers klagend gemacht, illuminierte schwach den Gang des Liedes zu Worten, die Kummer ausdrückten:

Ach, Regen fällt auf mein schweres Haar,
Und der Tau netzt meine Haut,
Mein Kind, es liegt so kalt . . .

– Ach, rief Mary Jane. Bartell D'Arcy singt, und er wollte den ganzen Abend lang nicht. Ich werde ihn dazu kriegen, daß er noch ein Lied singt, ehe er geht.
– Ach bitte, Mary Jane, sagte Tante Kate.
Mary Jane eilte an den anderen vorbei und lief zur Treppe, doch bevor sie sie noch erreichte, hörte der Gesang auf, und der Flügel wurde jäh zugeklappt.
– Ach, wie schade! rief sie. Kommt er runter, Gretta?
Gabriel hörte seine Frau ja sagen und sah sie die Treppe herab auf sie zukommen. Einige Schritte hinter ihr kamen Mr. Bartell D'Arcy und Miss O'Callaghan.
– Ach, Mr. D'Arcy, rief Mary Jane, es ist richtig gemein von Ihnen, so abzubrechen, wo wir Ihnen doch gerade verzückt zugehört haben.
– Ich habe ihm den ganzen Abend über zugesetzt, sagte Miss O'Callaghan, und Mrs. Conroy auch, aber er hat gesagt, er hat eine fürchterliche Erkältung und kann nicht singen.
– Ach, Mr. D'Arcy, sagte Tante Kate, da haben Sie aber ganz schön geflunkert.
– Merken Sie denn nicht, daß ich krächze wie ein Rabe? sagte Mr. D'Arcy schroff.
Er ging schnell in die Kammer und zog sich den Mantel an. Die anderen, verblüfft über seine groben Worte, wußten nicht, was sie sagen sollten. Tante Kate runzelte die Stirn

und bedeutete den anderen durch Zeichen, das Thema fallenzulassen. Mr. D'Arcy in der Kammer umwickelte sorgfältig seinen Hals und sah finster drein.
– Es ist das Wetter, sagte Tante Julia nach einer Pause.
– Ja, alle sind erkältet, sagte Tante Kate bereitwillig, alle.
– Es heißt, sagte Mary Jane, daß wir seit dreißig Jahren nicht mehr solchen Schnee gehabt haben; und heute früh habe ich in der Zeitung gelesen, daß es Schneefall in ganz Irland gibt.
– Ich sehe Schnee so gern, sagte Tante Julia wehmütig.
– Ich auch, sagte Miss O'Callaghan. Ich finde, Weihnachten ist nie Weihnachen, wenn kein Schnee liegt.
– Aber der arme Mr. D'Arcy hat nichts für Schnee übrig, sagte Tante Kate lächelnd.
Mr. D'Arcy kam fertig eingemummt und zugeknöpft aus der Kammer und erzählte ihnen in reuigem Ton die Geschichte seiner Erkältung. Alle gaben ihm Ratschläge und sagten, es sei jammerschade, und drangen in ihn, mit seiner Kehle in der Nachtluft ja vorsichtig zu sein. Gabriel beobachtete seine Frau, die sich an dem Gespräch nicht beteiligte. Sie stand unmittelbar unter der staubigen Lünette, und die Gasflamme beleuchtete die satte Bronze ihres Haares, das er sie einige Tage zuvor am Feuer hatte trocknen sehen. Ihre Haltung war immer noch die gleiche, und sie schien der Unterhaltung um sich herum nicht gewahr zu sein. Schließlich wandte sie sich zu ihnen um, und Gabriel sah, daß auf ihren Wangen Farbe war und daß ihre Augen glänzten. Eine jähe Freudenflut sprang in seinem Herzen auf.
– Mr. D'Arcy, sagte sie, wie heißt das Lied, das Sie gesungen haben?
– Es heißt *Die Dirn von Aughrim,* sagte Mr. D'Arcy, aber es war mir nicht mehr richtig gegenwärtig. Wieso? Kennen Sie es?
– *Die Dirn von Aughrim,* wiederholte sie. Ich konnte mich

nicht an den Titel erinnern.
– Es ist ein sehr hübsches Lied, sagte Mary Jane. Ich finde es schade, daß Sie heute abend nicht bei Stimme waren.
– Bitte, Mary Jane, sagte Tante Kate, belästige Mr. D'Arcy nicht. Ich will nicht, daß er belästigt wird.
Da sie sah, daß alle aufbruchsbereit waren, brachte sie sie an die Tür, wo man sich gute Nacht wünschte:
– Also gute Nacht, Tante Kate, und vielen Dank für den schönen Abend.
– Gute Nacht, Gabriel, Gute Nacht, Gretta!
– Gute Nacht, Tante Kate, und vielen vielen Dank. Gute Nacht, Tante Julia.
– Ach, gute Nacht, Gretta, ich hatte dich gar nicht gesehen.
– Gute Nacht, Mr. D'Arcy. Gute Nacht, Miss O'Callaghan.
– Gute Nacht, Miss Morkan.
– Nochmals gute Nacht.
– Gute Nacht allerseits. Gute Heimfahrt.
– Gute Nacht. Gute Nacht.
Der Morgen war noch dunkel. Ein stumpfes gelbes Licht brütete über den Häusern und dem Fluß; und der Himmel schien herabzusinken. Der Boden war matschig; und auf den Dächern, auf der Quay-Mauer und den Unterhofgittern lag nur streifen- und batzenweise Schnee. Die Lampen brannten noch rot in der dunkel verhangenen Luft, und jenseits des Flusses hob sich der Palast der Four Courts drohend von dem schweren Himmel ab.
Sie ging vor ihm her mit Mr. Bartell D'Arcy, ihre Schuhe in einem braunen Paket unter einen Arm geklemmt, und ihre Hände rafften ihren Rock vor dem Matsch hoch. Die Anmut ihrer Haltung war dahin, doch Gabriels Augen glänzten noch immer vor Glück. Das Blut jagte hämmernd durch seine Adern; und ein Aufruhr von Gedanken ging ihm durch den Kopf, stolz, freudig, zärtlich, beherzt.

Sie ging vor ihm her, so leicht und so aufrecht, daß es ihn verlangte, ihr lautlos nachzulaufen, sie an den Schultern zu fassen und ihr etwas Törichtes und Liebevolles ins Ohr zu sagen. Sie schien ihm so zerbrechlich, daß es ihn verlangte, sie gegen irgend etwas zu verteidigen und dann mit ihr allein zu sein. Augenblicke ihres geheimen gemeinsamen Lebens barsten wie Sterne in seiner Erinnerung. Ein heliotropfarbener Briefumschlag lag neben seiner Frühstückstasse, und er streichelte ihn mit der Hand. Vögel zwitscherten im Efeu, und das sonnige Gewebe des Fenstervorhangs schimmerte auf dem Boden: er konnte nichts essen vor Glück. Sie standen auf dem vollen Bahnsteig, und er steckte ihr ein Billett in das warme Innere ihres Handschuhs. Er stand mit ihr in der Kälte, und sie schauten durch ein vergittertes Fenster einem Mann zu, der in einem dröhnenden Ofen Flaschen blies. Es war sehr kalt. Ihr Gesicht, duftend in der kalten Luft, war dem seinen ganz nah; und plötzlich rief sie dem Mann am Ofen zu:
– Ist das Feuer heiß, Sir?
Doch der Mann konnte sie bei dem Lärm des Ofens nicht hören. Es machte nichts. Vielleicht hätte er eine grobe Antwort gegeben.
Eine Woge noch zärtlicherer Freude entsprang seinem Herzen und schoß in warmer Flut durch seine Arterien. Wie das zärtliche Licht von Sternen leuchteten Augenblicke ihres gemeinsamen Lebens, von denen niemand wußte noch jemals wissen würde, in seiner Erinnerung auf und illuminierten sie. Es verlangte ihn, ihr diese Augenblicke ins Gedächtnis zu rufen, sie die Jahre ihres stumpfen gemeinsamen Lebens vergessen zu machen und sie sich nur an ihre Augenblicke der Ekstase erinnern zu lassen. Denn die Jahre, fühlte er, hatten seine und ihre Seele nicht ausgelöscht, Ihre Kinder, seine Schriftstellerei, ihre Haushaltssorgen hatten das zärtliche Feuer ihrer Seelen nicht ganz ausgelöscht. In einem Brief, den er ihr damals ge-

schrieben hatte, hieß es: *Wie kommt es, daß Worte wie diese mir so stumpf und kalt erscheinen? Liegt es daran, daß es kein Wort gibt, welches zärtlich genug wäre, Dein Name zu sein?*

Wie ferne Musik wurden ihm diese Worte, die er Jahre zuvor niedergeschrieben hatte, aus der Vergangenheit zugetragen. Es verlangte ihn, mit ihr allein zu sein. Wenn die anderen gegangen wären, wenn er und sie in ihrem Zimmer im Hotel wären, dann würden sie miteinander allein sein. Er würde ihr leise zurufen:

– Gretta!

Vielleicht würde sie nicht sogleich hören: sie würde beim Ausziehen sein. Dann würde etwas in seiner Stimme ihre Aufmerksamkeit erregen. Sie würde sich umwenden und ihn ansehen . . .

An der Ecke Winetavern Street trafen sie auf eine Droschke. Er war froh über ihr Geratter, denn es ersparte ihm die Unterhaltung. Sie blickte aus dem Fenster und schien müde. Die anderen sprachen nur wenige Worte und zeigten bald auf ein Gebäude, bald auf eine Straße. Das Pferd galoppierte träge unter dem dunkel verhangenen Morgenhimmel dahin, zog seinen alten ratternden Kasten hinter seinen Hufen her, und wieder war Gabriel in einer Droschke mit ihr, die dem Fährschiff, die ihren Flitterwochen entgegengaloppierte.

Als die Droschke über die O'Connell Bridge fuhr, sagte Miss O' Callaghan:

– Es heißt, man kann nicht über die O'Connell Bridge fahren, ohne ein weißes Pferd zu sehen.

– Diesmal sehe ich einen weißen Mann, sagte Gabriel.

– Wo? fragte Mr. Bartell D'Arcy.

Gabriel zeigte auf das Denkmal, auf dem Schneebatzen lagen. Dann nickte er ihm familiär zu und winkte mit der Hand.

– Gute Nacht, Dan, sagte er fröhlich.

Als die Droschke vor dem Hotel hielt, sprang Gabriel hinaus und bezahlte den Kutscher, Mr. Bartell D'Arcys Einspruch zum Trotz. Er gab dem Mann einen Shilling über den Fahrpreis. Der Mann grüßte und sagte:
– Ein glückliches Neues Jahr, Sir.
– Ihnen auch, sagte Gabriel herzlich.
Sie lehnte sich einen Augenblick auf seinen Arm, als sie aus der Droschke stieg und während sie am Bordstein stand und den anderen gute Nacht wünschte. Sie lehnte sich ganz leicht auf seinen Arm, so leicht wie einige Stunden zuvor, als sie mit ihm getanzt hatte. Er hatte sich da stolz und glücklich gefühlt, glücklich, daß sie ihm gehörte, stolz auf ihre Anmut und ihr frauliches Wesen. Doch jetzt, nachdem so viele Erinnerungen in ihm von neuem entzündet waren, durchfuhr ihn bei der ersten Berührung ihres Körpers, wie Musik und sonderbar und duftend, ein stechender Schmerz der Begier. Im Schutze ihres Schweigens drückte er ihren Arm fest an sich; und als sie an der Hoteltür standen, hatte er das Gefühl, daß sie ihrem Leben und ihren Pflichten entkommen waren, entkommen ihrem Heim und ihren Freunden, daß sie mit wilden und widerstrahlenden Herzen zu einem neuen Abenteuer davongelaufen waren.
Ein alter Mann döste auf einem großen Nachtwächterstuhl in der Halle. Er zündete in der Loge eine Kerze an und ging ihnen voran zur Treppe. Sie folgten ihm schweigend, und die mit dicken Teppichen belegten Treppen dämpften ihre Tritte. Sie stieg hinter dem Portier die Treppe hinauf, den Kopf vom Steigen gebeugt, die zerbrechlichen Schultern wie unter einer Last gekrümmt, den Rock eng gerafft. Er hätte die Arme um ihre Hüften schlingen und sie festhalten mögen, denn seine Arme zitterten vor Verlangen, sie zu packen, und nur, indem er seine Nägel in die Handflächen krallte, hielt er den wilden Impuls seines Körpers in Schach. Der Portier blieb auf der Treppe stehen, um

seine tropfende Kerze zu richten. Auch sie blieben auf den Stufen unter ihm stehen. In der Stille konnte Gabriel das geschmolzene Wachs auf den Teller fallen und das eigene Herz gegen die Rippen hämmern hören.
Der Portier führte sie einen Korridor entlang und öffnete eine Tür. Dann stellte er seine wacklige Kerze auf einen Toilettentisch und fragte, um welche Zeit sie morgens geweckt werden wollten.
– Acht, sagte Gabriel.
Der Portier zeigte auf den elektrischen Lichtschalter und begann eine Entschuldigung zu stammeln, doch Gabriel unterbrach ihn.
– Wir brauchen kein Licht. Von der Straße kommt Licht genug für uns. Und übrigens, fügte er hinzu und zeigte auf die Kerze, dieses hübsche Ding da könnten Sie auch wieder mitnehmen, seien Sie so gut.
Der Portier nahm seine Kerze wieder, aber langsam, denn der ungewohnte Einfall erstaunte ihn. Dann murmelte er gute Nacht und ging hinaus. Gabriel verriegelte die Tür.
Ein langer Streif geisterhaften Lichts von der Straßenlaterne zog sich von einem Fenster zur Tür. Gabriel warf Mantel und Hut auf eine Couch und ging quer durchs Zimmer zum Fenster hinüber. Er schaute auf die Straße hinab, um seine Erregung etwas abklingen zu lassen. Dann drehte er sich um und lehnte sich mit dem Rücken zum Licht an eine Kommode. Sie hatte Hut und Cape abgelegt, stand vor einem großen Drehspiegel und hakte ihr Mieder auf. Gabriel verhielt sich eine Weile still, während er ihr zusah, und sagte dann:
– Gretta!
Sie wandte sich langsam vom Spiegel fort und kam den Lichtstreif entlang auf ihn zu. Ihr Gesicht sah so ernst und abgespannt aus, daß Gabriel die Worte nicht über die Lippen kamen. Nein, es war noch nicht der Augenblick.
– Du sahst müde aus, sagte er.

– Ich bin es auch ein wenig, antwortete sie.
– Du fühlst dich doch nicht krank oder schwach?
– Nein, müde; sonst nichts.
Sie ging weiter zum Fenster, blieb dort stehen und sah hinaus. Gabriel wartete wieder, und dann, da er fürchtete, daß Verzagtheit ihn überkommen würde, sagte er unvermittelt:
– Übrigens, Gretta!
– Was ist?
– Du kennst doch diesen armen Malins? sagte er rasch.
– Ja, Was ist mit ihm?
– Tja, der Arme, er ist doch ein anständiger Kerl, fuhr Gabriel mit verstellter Stimme fort. Er hat mir den Sovereign zurückgegeben, den ich ihm geliehen hatte, ich hatte wirklich nicht damit gerechnet. Schade, daß er diesem Browne nicht von der Seite gewichen ist, denn im Grund seines Herzens ist er gar kein übler Kerl.
Er zitterte jetzt vor Ärger. Warum wirkte sie so geistesabwesend? Er wußte nicht, wie er beginnen sollte. War auch sie wegen irgendetwas verärgert? Wenn sie sich nur zu ihm hinwenden oder von sich aus zu ihm herüberkommen würde! Sie zu nehmen, wie sie war, wäre brutal. Nein, erst mußte er etwas Feuer in ihren Augen sehen. Es verlangte ihn, Herr ihrer sonderbaren Stimmung zu sein.
– Wann hast du ihm das Pfund geliehen? fragte sie nach einer Weile.
Gabriel bemühte sich, nicht in brutale Worte über den albernen Malins und sein Pfund auszubrechen. Es verlangte ihn, sie aus seiner Seele anzurufen, ihren Körper gegen seinen zu pressen, sie zu überwältigen. Doch er sagte:
– Ach, Weihnachten, als er diesen kleinen Weihnachtskartenladen in der Henry Street aufgemacht hat.
Er befand sich in einem solchen Fieber der Wut und Begierde, daß er nicht hörte, wie sie vom Fenster herbeikam. Sie stand einen kurzen Augenblick vor ihm und sah ihn

sonderbar an. Dann reckte sie sich plötzlich auf Zehenspitzen, legte ihre Hände leicht auf seine Schultern und küßte ihn.
– Du bist ein sehr großmütiger Mensch, Gabriel, sagte sie. Gabriel zitterte vor Freude über ihren plötzlichen Kuß und über die Absonderlichkeit ihres Satzes, legte ihr seine Hände aufs Haar und begann es zurückzustreichen, fast ohne es mit den Fingern zu berühren. Das Waschen hatte es fein und glänzend gemacht. Sein Herz floß über vor Glück. Genau, als er es sich wünschte, war sie von sich aus zu ihm gekommen. Vielleicht waren ihre Gedanken mit den seinen gleichgelaufen. Vielleicht hatte sie das ungestüme Begehren gespürt, das in ihm war, und nun war sie in der Stimmung, nachzugeben. Jetzt, da sie ihm so leicht zugefallen war, fragte er sich, warum er so verzagt gewesen war. Er stand da und hielt ihren Kopf zwischen seinen Händen. Dann legte er rasch einen Arm um ihren Leib und sagte, während er sie an sich heranzog, sacht:
– Gretta, Liebes, woran denkst du?
Sie antwortete nicht, noch gab sie seinem Arm völlig nach. Er sagte noch einmal sacht:
– Sag mir, woran, Gretta. Ich glaube, ich weiß, was los ist. Weiß ich es?
Sie antwortete nicht gleich. Dann brach sie in Tränen aus und sagte:
– Ach, ich denke an dieses Lied, *Die Dirn von Aughrim.*
Sie riß sich von ihm los, lief zum Bett, warf ihre Arme über die Bettkante und verbarg ihr Gesicht. Gabriel blieb vor Erstaunen einen Augenblick reglos stehen und folgte ihr dann. Als er am Drehspiegel vorbeikam, erblickte er sich selber in ganzer Größe, seine breite, wohlgefüllte Hemdbrust, das Gesicht, dessen Ausdruck ihn immer verwirrte, wenn er ihn in einem Spiegel sah, und seine schimmernde goldgefaßte Brille. Er blieb einige Schritte vor ihr stehen und sagte:

– Was ist mit dem Lied? Warum bringt es dich zum Weinen?
Sie hob den Kopf aus ihren Armen und trocknete wie ein Kind mit dem Handrücken die Augen. Ein freundlicherer Ton, als er beabsichtigt hatte, kam in seine Stimme.
– Warum, Gretta? fragte er.
– Ich denke an jemand von früher, der dieses Lied oft gesungen hat.
– Und wer war dieser Jemand von früher? fragte Gabriel lächelnd.
– Es war jemand, mit dem ich in Galway bekannt war, als ich bei meiner Großmutter wohnte, sagte sie.
Das Lächeln wich aus Gabriels Gesicht. Von neuem sammelte sich dumpfer Zorn verstohlen in ihm, und die dumpfen Feuer seiner Begier begannen zornig in seinen Adern zu glühen.
– Jemand, in den du verliebt warst? fragte er ironisch.
– Es war ein Junge, mit dem ich bekannt war, antwortete sie, er hieß Michael Furey. Er hat dieses Lied oft gesungen, *Die Dirn von Aughrim.* Er war sehr zart.
Gabriel schwieg. Er wollte nicht, daß sie meine, er interessiere sich für diesen zarten Jungen.
– Ich sehe ihn so deutlich vor mir, sagte sie nach einer kurzen Weile. Was hatte er für Augen: große dunkle Augen! Und was für ein Ausdruck war in ihnen – ein Ausdruck!
– Also dann warst du in ihn verliebt? fragte Gabriel.
– Ich bin oft mit ihm spazieren gegangen, sagte sie, als ich in Galway wohnte.
Ein Gedanke schoß Gabriel durch den Kopf.
– Vielleicht wolltest du darum mit diesem Mädchen, mit Miss Ivors nach Galway fahren? sagte er kalt.
Sie sah ihn an und fragte überrascht:
– Wozu?
Unter ihren Blicken fühlte sich Gabriel verlegen werden. Er zuckte die Achseln und sagte:

– Was weiß ich? Vielleicht um ihn zu sehen.
Sie blickte schweigend von ihm fort den Lichtstreif entlang zum Fenster.
– Er ist tot, sagte sie schließlich. Er starb, als er erst siebzehn war. Ist es nicht furchtbar, so jung zu sterben?
– Was war er? fragte Gabriel, immer noch ironisch.
– Er hat im Gaswerk gearbeitet, sagte sie.
Gabriel fühlte sich gedemütigt durch den Mißerfolg seiner Ironie und durch die Beschwörung dieser Gestalt von den Toten, eines Jungen im Gaswerk. Während er voll gewesen war von Erinnerungen an ihr geheimes gemeinsames Leben, voll von Zärtlichkeit und Freude und Begehren, hatte sie ihn in Gedanken mit einem anderen verglichen. Scham über sich selber überfiel ihn. Er sah sich als eine lächerliche Gestalt, die seinen Tanten wie ein Laufbursche zur Hand ging, einen nervösen wohlmeinenden Sentimentalen, der vulgärem Volk Reden hielt und seine eigenen tollpatschigen Begierden idealisierte, den jämmerlichen einfältigen Kerl, den er im Spiegel einen Moment lang erblickt hatte. Instinktiv drehte er den Rücken mehr zum Licht, damit sie nicht die Scham sähe, die auf seiner Stirn brannte.
Er versuchte, den kalten Verhörston beizubehalten, doch seine Stimme, als er sprach, war bescheiden und gleichmütig.
– Du warst wohl in diesen Michael Furey verliebt, Gretta, sagte er.
– Ich hab mir damals viel aus ihm gemacht, sagte sie.
Ihre Stimme war verschleiert und traurig. Gabriel, der jetzt merkte, wie vergeblich jeder Versuch wäre, sie dorthin zu führen, wohin er sie hatte führen wollen, streichelte eine ihrer Hände und sagte, gleichfalls traurig:
– Und woran ist er so jung gestorben, Gretta? Schwindsucht, ja?
– Ich glaube, er ist meinetwegen gestorben, antwortete sie.

Ein unbestimmter Schrecken überkam Gabriel bei dieser Antwort, als träte in dieser Stunde, da er zu triumphieren gehofft hatte, ein ungreifbares und rachsüchtiges Wesen gegen ihn auf und sammelte in seiner unbestimmten Welt Kräfte gegen ihn. Doch er machte sich mit einer Anstrengung der Vernunft frei davon, schüttelte es ab und streichelte weiter ihre Hand. Er stellte ihr keine Frage mehr, denn er spürte, daß sie ihm von sich aus erzählen würde. Ihre Hand war warm und feucht: sie reagierte nicht auf seine Berührung, aber er streichelte sie weiter, genau wie er an jenem Frühlingsmorgen ihren ersten Brief an ihn gestreichelt hatte.

– Es war im Winter, sagte sie, etwa am Anfang des Winters, in dem ich von meiner Großmutter wegging und hierher ins Kloster kam. Und zu der Zeit war er krank in seinem Mietszimmer in Galway und durfte nicht hinaus, und seine Angehörigen in Oughterard wurden benachrichtigt. Es ginge mit ihm zu Ende, sagten sie, oder so ähnlich. Ich habe es nie genau gewußt.

Sie hielt für einen Augenblick inne und seufzte.

– Der arme Kerl, sagte sie. Er mochte mich sehr gern, und er war so ein sanfter Junge. Wir gingen oft zusammen spazieren, weißt du, Gabriel, wie man das auf dem Land so macht. Er hätte Gesang studiert, wenn er gesund gewesen wäre. Er hatte eine sehr gute Stimme, der arme Michael Furey.

– Ja und dann? fragte Gabriel.

– Und dann, als es für mich Zeit wurde, aus Galway wegzugehen und hierher ins Kloster zu kommen, ging es ihm viel schlechter, und man ließ mich nicht zu ihm, und so schrieb ich ihm, daß ich nach Dublin fahre und im Sommer zurück wäre und hoffte, es würde ihm dann besser gehen.

Sie hielt einen Augenblick inne, um ihre Stimme wieder in die Gewalt zu bekommen, und fuhr dann fort:

– Dann, am Abend vor meiner Abreise, war ich im Haus

meiner Großmutter in Nuns' Island beim Packen, und da hörte ich, wie Steinchen gegen das Fenster geworfen wurden. Das Fenster war so naß, daß ich nichts sehen konnte, darum rannte ich so, wie ich war, nach unten und schlüpfte durch die Hintertür in den Garten hinaus, und da stand der arme Kerl hinten im Garten und zitterte vor Kälte.
– Und hast du ihn denn nicht nach Hause geschickt? fragte Gabriel.
– Ich flehte ihn an, sofort nach Hause zu gehen, und sagte ihm, er würde sich im Regen den Tod holen. Aber er sagte, er wolle gar nicht leben. Ich sehe seine Augen ganz, ganz deutlich vor mir! Er stand am Ende der Mauer, wo ein Baum war.
– Und ist er nach Hause gegangen? fragte Gabriel.
– Ja, er ist nach Hause gegangen. Und als ich grade eine Woche im Kloster war, starb er und wurde in Oughterard begraben, wo seine Familie herkam. Ach, der Tag, an dem ich das hörte, daß er tot war!
Sie brach ab, da Weinen ihr die Kehle zuschnürte, und überwältigt von Gefühlen warf sie sich mit dem Gesicht nach unten auf das Bett und schluchzte in die Bettdecke hinein. Gabriel hielt ihre Hand unentschlossen noch einen Augenblick länger, und dann, da er sich scheute, in ihren Schmerz einzudringen, ließ er sie sanft fallen und ging leise zum Fenster.

Sie schlief fest.
Gabriel, auf den Ellbogen gestützt, schaute für eine kurze Weile ohne Groll auf ihr wirres Haar und ihren halboffenen Mund und lauschte ihren tiefen Atemzügen. Diese Romanze also hatte es in ihrem Leben gegeben: ein Mann war um ihretwillen gestorben. Es verursachte ihm jetzt kaum noch Schmerz, daran zu denken, eine wie armselige Rolle er, ihr Mann, in ihrem Leben gespielt hatte. Er be-

trachtete sie im Schlaf, als hätten er und sie niemals als Mann und Frau zusammengelebt. Seine wißbegierigen Augen ruhten lange auf ihrem Gesicht und auf ihrem Haar: und als er sich vorstellte, wie sie damals gewesen sein mußte, in jener Zeit ihrer ersten mädchenhaften Schönheit, zog ein sonderbares freundliches Mitleid mit ihr in seine Seele ein. Er gestand nicht einmal sich selbst gerne ein, daß ihr Gesicht nicht mehr schön war, doch er wußte, daß dies nicht mehr das Gesicht war, für das Michael Furey dem Tode getrotzt hatte.

Vielleicht hatte sie ihm nicht die ganze Geschichte erzählt. Seine Augen wanderten zu dem Stuhl, über den sie einige ihrer Kleider geworfen hatte. Vom Unterrock baumelte ein Band auf den Boden. Ein Stiefel stand aufrecht, sein schlaffes Oberteil war umgefallen: sein Kamerad lag auf der Seite. Er wunderte sich über den Aufruhr seiner Gefühle eine Stunde zuvor. Wovon war er ausgegangen? Vom Abendessen bei seinen Tanten, von seiner eigenen törichten Rede, von dem Wein und dem Tanz, der Ausgelassenheit, mit der man sich im Flur gute Nacht gesagt hatte, dem Vergnügen des Spaziergangs den Fluß entlang im Schnee. Die arme Tante Julia! Auch sie wäre bald ein Schatten mit dem Schatten Patrick Morkans und seines Pferds. Er hatte für einen Augenblick den eingefallenen Ausdruck ihres Gesichtes bemerkt, als sie *Bräutlich geschmückt* gesungen hatte. Bald, vielleicht, würde er im nämlichen Salon sitzen, in Schwarz gekleidet, den Zylinder auf den Knien. Die Rouleaus wären herabgezogen, und Tante Kate würde neben ihm sitzen, würde weinen und die Nase schneuzen und ihm erzählen, wie Julia gestorben war. Er würde im Geist nach ein paar Worten suchen, die sie trösten könnten, und würde nur lahme und nutzlose finden. Ja, ja: sehr bald schon käme es so.

Die Luft im Zimmer ließ ihn an den Schultern frösteln. Er streckte sich vorsichtig unter die Bettücher und legte sich neben seine Frau. Einer nach dem anderen wurden sie alle zu Schatten. Es war besser, kühn in jene andere Welt hinüberzugehen, in der ganzen Glorie einer Leidenschaft, als kläglich vor Alter zu schwinden und zu verwelken. Er dachte daran, wie sie, die neben ihm lag, so viele Jahre lang das Bild der Augen ihres Liebhabers in ihrem Herzen verschlossen hatte, als er ihr gesagt hatte, daß er nicht mehr leben wolle.

Großmütige Tränen füllten Gabriels Augen. Er hatte keiner Frau gegenüber je Ähnliches empfunden, aber er wußte, daß solch ein Gefühl Liebe sein mußte. Die Tränen strömten ihm dichter in die Augen, und in der teilweisen Dunkelheit glaubte er die Gestalt eines jungen Mannes unter einem triefenden Baum zu sehen. Andere Umrisse waren nahe. Seine Seele hatte sich jener Region genähert, wo die unermeßlichen Heerscharen der Toten ihre Wohnung haben. Er war sich ihrer unsteten und flackernden Existenz bewußt, aber er konnte sie nicht fassen. Seine eigene Identität entschwand in eine graue ungreifbare Welt: die kompakte Welt selbst, die sich diese Toten einstmals erbaut und in der sie gelebt hatten, löste sich auf und verging.

Es pochte ein paarmal leise an die Scheibe, und er wandte sich zum Fenster um. Es hatte wieder zu schneien begonnen. Er beobachtete schläfrig die Flocken, silbern und dunkel, die schräg zum Lampenlicht fielen. Die Zeit war für ihn gekommen, seine Reise gen Westen anzutreten. Ja, die Zeitungen hatten recht: Schneefall in ganz Irland. Schnee fiel überall auf die dunkle Zentralebene, auf die baumlosen Hügel, fiel sacht auf den Bog of Allen, und, weiter gen Westen, fiel er sacht in die dunklen aufrührerischen Wellen des Shannon. Er fiel auch überall auf den einsamen Friedhof oben auf dem Hügel, wo Michael Furey begraben lag. Er lag in dichten Wehen auf den krummen Kreuzen und Grabsteinen, auf den Speeren des kleinen

Tors, auf den welken Dornen. Langsam schwand seine Seele, während er den Schnee still durch das All fallen hörte, und still fiel er, der Herabkunft ihrer letzten Stunde gleich, auf alle Lebenden und Toten.

The Dead

Lily, the caretaker's daughter, was literally run off her feet. Hardly had she brought one gentleman into the little pantry behind the office on the ground floor and helped him off with his overcoat then the wheezy hall-door bell clanged again and she had to scamper along the bare hallway to let in another guest. It was well for her she had not to attend to the ladies also. But Miss Kate and Miss Julia had thought of that and had converted the bathroom upstairs into a ladies' dressing-room. Miss Kate and Miss Julia were there, gossiping and laughing and fussing, walking after each other to the head of the stairs, peering down over the banisters and calling down to Lily to ask her who had come.

It was always a great affair, the Misses Morkan's annual dance. Everybody who knew them came to it, members of the family, old friends of the family, the members of Julia's choir, any of Kate's pupils that were grown up enough and even some of Mary Jane's pupils too. Never once had it fallen flat. For years and years it had gone off in splendid style as long as anyone could remember; ever since Kate and Julia, after the death of their brother Pat, had left the house in Stoney Batter and taken Mary Jane, their only niece, to live with them in the dark gaunt house on Usher's Island, the upper part of which they had rented from Mr Fulham, the cornfactor on the ground floor. That was a good thirty years ago if it was a day. Mary Jane, who was then a little girl in short clothes, was now the main prop of the household for she had the organ in Haddington Road. She had been through the Academy and gave a pupils' concert every year in the upper room of the Antient Concert Rooms. Many of her pupils belonged to better-class families on the Kingstown and Dalkey line. Old as they were, her aunts also did their share. Julia, though she was quite grey, was still the leading soprano in Adam and Eve's, and Kate, being too feeble to go about much, gave music lessons to beginners on the old square piano in the back room. Lily, the caretaker's daughter, did housemaid's work for them. Though their life was modest they believed in eating well; the best of everything: diamond-bone sirloins, three-shilling tea and the best bottled stout. But Lily seldom made a mistake in the orders so that she got on well with her three mistresses. They were fussy, that was all. But the only thing they would not stand was back answers.

Of course they had good reason to be fussy on such a night. And then it was long after ten o'clock and yet there was no sign of Gabriel and his wife. Besides they were dreadfully afraid that Freddy Malins might turn up screwed. They would not wish for worlds that any of Mary Jane's pupils should see him under the influence; and when he was like that it was sometimes very hard to manage him. Freddy Malins always came late but they wondered what could be keeping Gabriel: and that was what brought them every two minutes to the banisters to ask Lily had Gabriel or Freddy come.

– O, Mr Conroy, said Lily to Gabriel when she opened the door for him, Miss Kate and Miss Julia thought you were never coming. Good-night, Mrs Conroy.

– I'll engage they did, said Gabriel, but they forget that my wife here takes three mortal hours to dress herself.

He stood on the mat, scraping the snow from his goloshes, while Lily led his wife to the foot of the stairs and called out:

– Miss Kate, here's Mrs Conroy.

Kate and Julia came toddling down the dark stairs at once. Both of them kissed Gabriel's wife, said she must be perished alive and asked was Gabriel with her.

– Here I am as right as the mail, Aunt Kate! Go on up. I'll

follow, called out Gabriel from the dark.

He continued scraping his feet vigorously while the three women went upstairs, laughing, to the ladies' dressing-room. A light fringe of snow lay like a cape on the shoulders of his overcoat and like toecaps on the toes of his goloshes; and, as the buttons of his overcoat slipped with a squeaking noise through the snow-stiffened frieze, a cold fragrant air from out-of-doors escaped from crevices and folds.

– Is it snowing again, Mr Conroy? asked Lily.

She had preceded him into the pantry to help him off with his overcoat. Gabriel smiled at the three syllables she had given his surname and glanced at her. She was a slim, growing girl, pale in complexion and with hay-coloured hair. The gas in the pantry made her look still paler. Gabriel had known her when she was a child and used to sit on the lowest step nursing a rag doll.

– Yes, Lily, he answered, and I think we're in for a night of it.

He looked up at the pantry ceiling, which was shaking with the stamping and shuffling of feet on the floor above, listened for a moment to the piano and then glanced at the girl, who was folding his overcoat carefully at the end of a shelf.

– Tell me, Lily, he said in a friendly tone, do you still go to school?

– O no, sir, she answered. I'm done schooling this year and more.

– O, then, said Gabriel gaily, I suppose we'll be going to your wedding one of these fine days with your young man, eh?

The girl glanced back at him over her shoulder and said with great bitterness:

– The men that is now is only all palaver and what they can get out of you.

Gabriel coloured as if he felt he had made a mistake and, without looking at her, kicked off his goloshes and flicked actively with his muffler at his patent-leather shoes.
He was a stout tallish young man. The high colour of his cheeks pushed upwards even to his forehead where it scattered itself in a few formless patches of pale red; and on his hairless face there scintillated restlessly the polished lenses and the bright gilt rims of the glasses which screened his delicate and restless eyes. His glossy black hair was parted in the middle and brushed in a long curve behind his ears where it curled slightly beneath the groove left by his hat.
When he had flicked lustre into his shoes he stood up and pulled his waistcoat down more tightly on his plump body. Then he took a coin rapidly from his pocket.
– O Lily, he said, thrusting it into her hands, it's Christmastime, isn't it? Just . . . here's a little . . .
He walked rapidly towards the door.
– O no, sir! cried the girl, following him. Really, sir, I wouldn't take it.
– Christmas-time! Christmas-time! said Gabriel, almost trotting to the stairs and waving his hand to her in deprecation.
The girl, seeing that he had gained the stairs, called out after him:
– Well, thank you, sir.
He waited outside the drawing-room door until the waltz should finish, listening to the skirts that swept against it and to the shuffling of feet. He was still discomposed by the girl's bitter and sudden retort. It had cast a gloom over him which he tried to dispel by arranging his cuffs and the bows of his tie. Then he took from his waistcoat pocket a little paper and glanced at the headings he had made for his speech. He was undecided about the lines from Robert Browning for he feared they would be above the heads of his hearers. Some quotation that they could recognise

from Shakespeare or from the Melodies would be better. The indelicate clacking of the men's heels and the shuffling of their soles reminded him that their grade of culture differed from his. He would only make himself ridiculous by quoting poetry to them which they could not understand. They would think that he was airing his superior education. He would fail with them just as he had failed with the girl in the pantry. He had taken up a wrong tone. His whole speech was a mistake from first to last, an utter failure.

Just then his aunts and his wife came out of the ladies' dressing-room. His aunts were two small plainly dressed old women. Aunt Julia was an inch or so the taller. Her hair, drawn low over the tops of her ears, was grey; and grey also, with darker shadows, was her large flaccid face. Though she was stout in build and stood erect her slow eyes and parted lips gave her the appearance of a woman who did not know where she was or where she was going. Aunt Kate was more vivacious. Her face, healthier than her sister's, was all puckers and creases, like a shrivelled red apple, and her hair, braided in the same old-fashioned way, had not lost its ripe nut colour.

They both kissed Gabriel frankly. He was their favourite nephew, the son of their dead elder sister, Ellen, who had married T. J. Conroy of the Port and Docks.

– Gretta tells me you're not going to take a cab back to Monkstown to-night, Gabriel, said Aunt Kate.

– No, said Gabriel, turning to his wife, we had quite enough of that last year, hadn't we? Don't you remember, Aunt Kate, what a cold Gretta got out of it? Cab windows rattling all the way, and the east wind blowing in after we passed Merrion. Very jolly it was. Gretta caught a dreadfull cold.

Aunt Kate frowned severely and nodded her head at every word.

– Quite right, Gabriel, quite right, she said. You can't be too careful.

– But as for Gretta there, said Gabriel, she'd walk home in the snow if she were let.
Mrs Conroy laughed.
– Don't mind him, Aunt Kate, she said. He's really an awful bother, what with green shades for Tom's eyes at night and making him do the dumb-bells, and forcing Eva to eat the stirabout. The poor child! And she simply hates the sight of it! . . . O, but you'll never guess what he makes me wear now!
She broke out into a peal of laughter and glanced at her husband, whose admiring and happy eyes had been wandering from her dress to her face and hair. The two aunts laughed heartily too, for Gabriel's solicitude was a standing joke with them.
– Goloshes! said Mrs Conroy. That's the latest. Whenever it's wet underfoot I must put on my goloshes. To-night even he wanted me to put them on, but I wouldn't. The next thing he'll buy me will be a diving suit.
Gabriel laughed nervously and patted his tie reassuringly while Aunt Kate nearly doubled herself, so heartily did she enjoy the joke. The smile soon faded from Aunt Julia's face and her mirthless eyes were directed towards her nephew's face. After a pause she asked:
– And what are goloshes, Gabriel?
– Goloshes, Julia! exclaimed her sister. Goodness me, don't you know what goloshes are? You wear them over your . . . over your boots, Gretta, isn't it?
– Yes, said Mrs Conroy. Guttapercha things. We both have a pair now. Gabriel says everyone wears them on the continent.
– O, on the continent, murmured Aunt Julia, nodding her head slowly.
Gabriel knitted his brows and said, as if he were slightly angered:
– It's nothing very wonderful but Gretta thinks it very

funny because she says the word reminds her of Christy Minstrels.
– But tell me, Gabriel, said Aunt Kate, with brisk tact. Of course, you've seen about the room. Gretta was saying . . .
– O, the room is all right, replied Gabriel. I've taken one in the Gresham.
– To be sure, said Aunt Kate, by far the best thing to do. And the children, Gretta, you're not anxious about them?
– O, for one night, said Mrs Conroy. Besides, Bessie will look after them.
– To be sure, said Aunt Kate again. What a comfort it is to have a girl like that, one you can depend on! There's that Lily, I'm sure I don't know what has come over her lately. She's not the girl she was at all.
Gabriel was about to ask his aunt some questions on this point but she broke off suddenly to gaze after her sister who had wandered down the stairs and was craning her neck over the banisters.
– Now, I ask you, she said, almost testily, where is Julia going? Julia! Julia! Where are you going?
Julia, who had gone halfway down one flight, came back and announced blandly:
– Here's Freddy.
At the same moment a clapping of hands and a final flourish of the pianist told that the waltz had ended. The drawing-room door was opened from within and some couples came out. Aunt Kate drew Gabriel aside hurriedly and whispered into his ear:
– Slip down, Gabriel, like a good fellow and see if he's all right, and don't let him up if he's screwed. I'm sure he's screwed. I'm sure he is.
Gabriel went to the stairs and listened over the banisters. He could hear two persons talking in the pantry. Then he

recognised Freddy Malins' laugh. He went down the stairs noisily.

– It's such a relief, said Aunt Kate to Mrs Conroy, that Gabriel is here. I always feel easier in my mind when he's here. . . . Julia, there's Miss Daly and Miss Power will take some refreshment. Thanks for your beautiful waltz, Miss Daly. It made lovely time.

A tall wizen-faced man, with a stiff grizzled moustache and swarthy skin, who was passing out with his partner said:

– And may we have some refreshment, too, Miss Morkan?

– Julia, said Aunt Kate summarily, and here's Mr Browne and Miss Furlong. Take them in, Julia, with Miss Daly and Miss Power.

– I'm the man for the ladies, said Mr Browne, pursing his lips until his moustache bristled and smiling in all his wrinkles. You know, Miss Morkan, the reason they are so fond of me is –

He did not finish his sentence, but, seeing that Aunt Kate was out of earshot, at once led the three young ladies into the back room. The middle of the room was occupied by two square tables placed end to end, and on these Aunt Julia and the caretaker were straightening and smoothing a large cloth. On the sideboard were arrayed dishes and plates, and glasses and bundles of knives and forks and spoons. The top of the closed square piano served also as a sideboard for viands and sweets. At a smaller sideboard in one corner two young men were standing, drinking hop-bitters.

Mr Browne led his charges thither and invited them all, in jest, to some ladies' punch, hot, strong and sweet. As they said they never took anything strong he opened three bottles of lemonade for them. Then he asked one of the young men to move aside, and, taking hold of the decanter, filled out for himself a goodly measure of whisky. The young

men eyed him respectfully while he took a trial sip.
– God help me, he said, smiling, it's the doctor's orders.
His wizened face broke into a broader smile, and the three young ladies laughed in musical echo to his pleasantry, swaying their bodies to and fro, with nervous jerks of their shoulders. The boldest said:
– O, now, Mr Browne, I'm sure the doctor never ordered anything of the kind.
Mr Browne took another sip of his whisky and said, with sidling mimicry:
– Well, you see, I'm like the famous Mrs Cassidy, who is reported to have said: *Now, Mary Grimes, if I don't take it, make me take it, for I feel I want it.*
His hot face had leaned forward a little too confidentially and he had assumed a very low Dublin accent so that the young ladies, with one instinct, received his speech in silence. Miss Furlong, who was one of Mary Jane's pupils, asked Miss Daly what was the name of the pretty waltz she had played; and Mr Browne, seeing that he was ignored, turned promptly to the two young men who were more appreciative.
A red-faced young woman, dressed in pansy, came into the room, excitedly clapping her hands and crying:
– Quadrilles! Quadrilles!
Close on her heels came Aunt Kate, crying:
– Two gentlemen and three ladies, Mary Jane!
– O, here's Mr Bergin and Mr Kerrigan, said Mary Jane. Mr Kerrigan, will you take Miss Power? Miss Furlong, may I get you a partner, Mr Bergin. O, that'll just do now.
– Three ladies, Mary Jane, said Aunt Kate.
The two young gentlemen asked the ladies if they might have the pleasure, and Mary Jane turned to Miss Daly.
– O, Miss Daly, you're really awfully good, after playing for the last two dances, but really we're so short of ladies to-night.

– I don't mind in the least, Miss Morkan.
– But I've a nice partner for you, Mr Bartell D'Arcy, the tenor. I'll get him to sing later on. All Dublin is raving about him.
– Lovely voice, lovely voice! said Aunt Kate.
As the piano had twice begun the prelude to the first figure Mary Jane led her recruits quickly from the room. They had hardly gone when Aunt Julia wandered slowly into the room, looking behind her at something.
– What is the matter, Julia? asked Aunt Kate anxiously. Who is it?
Julia, who was carrying in a column of table-napkins, turned to her sister and said, simply, as if the question had surprised her:
– It's only Freddy, Kate, and Gabriel with him.
In fact right behind her Gabriel could be seen piloting Freddy Malins across the landing. The latter, a young man of about forty, was of Gabriel's size and build, with very round shoulders. His face was fleshy and pallid, touched with colour only at the thick hanging lobes of his ears and at the wide wings of his nose. He had coarse features, a blunt nose, a convex and receding brow, tumid and protruded lips. His heavy-lidded eyes and the disorder of his scanty hair made him look sleepy. He was laughing heartily in a high key at a story which he had been telling Gabriel on the stairs and at the same time rubbing the knuckles of his left firt backwards and forwards into his left eye.
– Good-evening, Freddy, said Aunt Julia.
Freddy Malins bade the Misses Morkan good-evening in what seemed an offhand fashion by reason of the habitual catch in his voice and then, seeing that Mr Browne was grinning at him from the sideboard, crossed the room on rather shaky legs and began to repeat in an undertone the story he had just told to Gabriel.
– He's not so bad, is he? said Aunt Kate to Gabriel.

Gabriel's brows were dark but he raised them quickly and answered:
– O no, hardly noticeable.
– Now, isn't he a terrible fellow! she said. And his poor mother made him take the pledge on New Year's Eve. But come on, Gabriel, into the drawing-room.
Before leaving the room with Gabriel she signalled to Mr Browne by frowning and shaking her forefinger in warning to and fro. Mr Browne nodded in answer and, when she had gone, said to Freddy Malins:
– Now, then, Teddy, I'm going to fill you out a good glass of lemonade just to buck you up.
Freddy Malins, who was nearing the climax of his story, waved the offer aside impatiently but Mr Browne, having first called Freddy Malins' attention to a disarray in his dress, filled out and handed him a full glass of lemonade. Freddy Malins' left hand accepted the glass mechanically, his right hand being engaged in the mechanical readjustment of his dress. Mr Browne, whose face was once more wrinkling with mirth, poured out for himself a glass of whisky while Freddy Malins exploded, before he had well reached the climax of his story, in a kink of high-pitched bronchitic laughter and, setting down his untasted and overflowing glass, began to rub the knuckles of his left fist backwards and forwards into his left eye, repeating words of his last phrase as well as his fit of laughter would allow him.

. . . .

Gabriel could not listen while Mary Jane was playing her Academy piece, full of runs and difficult passages, to the hushed drawing-room. He liked music but the piece she was playing had no melody for him and he doubted whether it had any melody for the other listeners, though they had begged Mary Jane to play something. Four young men, who had come from the refreshment-room to stand in the doorway at the sound of the piano, had gone away quietly in couples after a few minutes. The only persons who seemed to follow the music were Mary Jane herself, her hands racing along the key-board or lifted from it at the pauses like those of a priestess in momentary imprecation, and Aunt Kate standing at her elbow to turn the page.

Gabriel's eyes, irritated by the floor, which glittered with beeswax under the heavy chandelier, wandered to the wall above the piano. A picture of the balcony scene in *Romeo and Juliet* hung there and beside it was a picture of the two murdered princes in the Tower which Aunt Julia had worked in red, blue and brown wools when she was a girl. Probably in the school they had gone to as girls that kind of work had been taught, for one year his mother had worked for him as a birthday present a waistcoat of purple tabinet, with little foxes' heads upon it, lined with brown satin and having round mulberry buttons. It was strange that his mother had had no musical talent though Aunt Kate used to call her the brains carrier of the Morkan family. Both she and Julia had always seemed a little proud of their serious and matronly sister. Her photograph stood before the pierglass. She held an open book on her knees and was pointing out something in it to Constantine who, dressed in a man-o'-war suit, lay at her feet. It was she who had chosen the names for her sons for she was very sensible of the dignity of family life. Thanks to her, Constantine was now senior curate in Balbriggan and, thanks to her, Gabriel himself had taken his degree in the Royal University. A shadow passed over his face as he remembered her sullen opposition to his marriage. Some slighting phrases she had used still rankled in his memory; she had once spoken of Gretta as being country cute and that was not true of Gretta at all. It was Gretta who had nursed her during all her last long illness in their house at Monkstown. He knew that Mary Jane must be near the end of her piece for she was playing again the opening melody with runs of scales after every bar and while he waited for the end the resentment died down in his heart. The piece ended with a trill of octaves in the treble and a final deep octave in the bass. Great applause greeted Mary Jane as, blushing and rolling up her music nervously, she escaped from the room. The most vigorous clapping came from the four young men in the doorway who had gone away to the refreshment-room at the beginning of the piece but had come back when the piano had stopped.

Lancers were arranged. Gabriel found himself partnered with Miss Ivors. She was a frank-mannered talkative young lady, with a freckled face and prominent brown eyes. She did not wear a low-cut bodice and the large brooch which was fixed in the front of her collar bore on it an Irish device.

When they had taken their places she said abruptly:

– I have a crow to pluck with you.

– With me? said Gabriel.

She nodded her head gravely.

– What is it? asked Gabriel, smiling at her solemn manner.

– Who is G. C.? answered Miss Ivors, turning her eyes upon him.

Gabriel coloured and was about to knit his brows, as if he did not understand, when she said bluntly:

– O, innocent Amy! I have found out that you write for *The Daily Express*. Now, aren't you ashamed of yourself?

– Why should I be ashamed of myself? asked Gabriel, blinking his eyes and trying to smile.

– Well, I'm ashamed of you, said Miss Ivors frankly. To say you'd write for a rag like that. I didn't think you were a West Briton.

A look of perplexity appeared on Gabriel's face. It was

true that he wrote a literary column every Wednesday in *The Daily Express*, for which he was paid fifteen shillings. But that did not make him a West Briton surely. The books he received for review were almost more welcome than the paltry cheque. He loved to feel the covers and turn over the pages of newly printed books. Nearly every day when his teaching in the college was ended he used to wander down the quays to the second-hand booksellers, to Hickey's on Bachelor's Walk, to Webb's or Massey's on Aston's Quay, or to O'Clohissey's in the by-street. He did not know how to meet her charge. He wanted to say that literature was above politics. But they were friends of many years' standing and their careers had been parallel, first at the University and then as teachers: he could not risk a grandiose phrase with her. He continued blinking his eyes and trying to smile and murmured lamely that he saw nothing political in writing reviews of books.

When their turn to cross had come he was still perplexed and inattentive. Miss Ivors promptly took his hand in a warm grasp and said in a soft friendly tone:

– Of course, I was only joking. Come, we cross now.

When they were together again she spoke of the University question and Gabriel felt more at ease. A friend of hers had shown her his review of Browning's poems. That was how she had found out the secret: but she liked the review immensely. Then she said suddenly:

– O, Mr Conroy, will you come for an excursion to the Aran Isles this summer? We're going to stay there a whole month. It will be splendid out in the Atlantic. You ought to come. Mr Clancy is coming, and Mr Kilkelly and Kathleen Kearney. It would be splendid for Gretta too if she'd come. She's from Connacht, isn't she?

– Her people are, said Gabriel shortly.

– But you will come, won't you? said Miss Ivors, laying her warm hand eagerly on his arm.

– The fact is, said Gabriel, I have already arranged to go –
– Go where? asked Miss Ivors.
– Well, you know, every year I go for a cycling tour with some fellows and so –
– But where? asked Miss Ivors.
– Well, we usually go to France or Belgium or perhaps Germany, said Gabriel awkwardly.
– And why do you go to France and Belgium, said Miss Ivors, instead of visiting your own land?
– Well, said Gabriel, it's partly to keep in touch with the languages and partly for a change.
– And haven't you your own language to keep in touch with – Irish? asked Miss Ivors.
– Well, said Gabriel, if it comes to that, you know, Irish is not my language.
Their neighbours had turned to listen to the cross-examination. Gabriel glanced right and left nervously and tried to keep his good humour under the ordeal which was making a blush invade his forehead.
– And haven't you your own land to visit, continued Miss Ivors, that you know nothing of, your own people, and your own country?
– O, to tell you the truth, retorted Gabriel suddenly, I'm sick of my own country, sick of it!
– Why? asked Miss Ivors.
Gabriel did not answer for his retort had heated him.
– Why? repeated Miss Ivors.
They had to go visiting together and, as he had not answered her, Miss Ivors said warmly:
– Of course, you've no answer.
Gabriel tried to cover his agitation by taking part in the dance with great energy. He avoided her eyes for he had seen a sour expression on her face. But when they met in the long chain he was surprised to feel his hand firmly pressed. She looked at him from under her brows for a

moment quizzically until he smiled. Then, just as the chain was about to start again, she stood on tiptoe and whispered into his ear:

– West Briton!

When the lancers were over Gabriel went away to a remote corner of the room where Freddy Malins' mother was sitting. She was a stout feeble old woman with white hair. Her voice had a catch in it like her son's and she stuttered slightly. She had been told that Freddy had come and that he was nearly all right. Gabriel asked her whether she had had a good crossing. She lived with her married daughter in Glasgow and came to Dublin on a visit once a year. She answered placidly that she had had a beautiful crossing and that the captain had been most attentive to her. She spoke also of the beautiful house her daughter kept in Glasgow, and of all the nice friends they had there. While her tongue rambled on Gabriel tried to banish from his mind all memory of the unpleasant incident with Miss Ivors. Of course the girl or woman, or whatever she was, was an enthusiast but there was a time for all things. Perhaps he ought not to have answered her like that. But she had no right to call him a West Briton before people, even in joke. She had tried to make him ridiculous before people, heckling him and staring at him with her rabbit's eyes.

He saw his wife making her way towards him through the waltzing couples. When she reached him she said into his ear:

– Gabriel, Aunt Kate wants to know won't you carve the goose as usual. Miss Daly will carve the ham and I'll do the pudding.

– All right, said Gabriel.

– She's sending in the younger ones first as soon as this waltz is over so that we'll have the table to ourselves.

– Were you dancing? asked Gabriel.

– Of course I was. Didn't you see me? What words had

you with Molly Ivors?
– No words. Why? Did she say so?
– Something like that. I'm trying to get that Mr D'Arcy to sing. He's full of conceit, I think.
– There were no words, said Gabriel moodily, only she wanted me to go for a trip to the west of Ireland and I said I wouldn't.
His wife clasped her hands excitedly and gave a little jump.
– O, do go, Gabriel, she cried. I'd love to see Galway again.
– You can go if you like, said Gabriel coldly.
She looked at him for a moment, then turned to Mrs Malins and said:
– There's a nice husband for you, Mrs Malins.
While she was threading her way back across the room Mrs Malins, without adverting to the interruption, went on to tell Gabriel what beautiful places there were in Scotland and beautiful scenery. Her son-in-law brought them every year to the lakes and they used to go fishing. Her son-in-law was a splendid fisher. One day he caught a fish, a beautiful big big fish, and the man in the hotel boiled it for their dinner.
Gabriel hardly heard what she said. Now that supper was coming near he began to think again about his speech and about the quotation. When he saw Freddy Malins coming across the room to visit his mother Gabriel left the chair free for him and retired into the embrasure of the window. The room had already cleared and from the back room came the clatter of plates and knives. Those who still remained in the drawing-room seemed tired of dancing and were conversing quietly in little groups. Gabriel's warm trembling fingers tapped the cold pane of the window. How cool it must be outside! How pleasant it would be to walk out alone, first along by the river and then through the park! The snow would be lying on the branches of the

trees and forming a bright cap on the top of the Wellington Monument. How much more pleasant it would be there than at the supper-table!

He ran over the headings of his speech: Irish hospitality, sad memories, the Three Graces, Paris, the quotation from Browning. He repeated to himself a phrase he had written in his review: *One feels that one is listening to a thought-tormented music.* Miss Ivors had praised the review. Was she sincere? Had she really any life of her own behind all her propagandism? There had never been any ill-feeling between them until that night. It unnerved him to think that she would be at the suppertable, looking up at him while he spoke with her critical quizzing eyes. Perhaps she would not be sorry to see him fail in his speech. An idea came into his mind and gave him courage. He would say, alluding to Aunt Kate and Aunt Julia: *Ladies and Gentlemen, the generation which is now on the wane among us may have had its faults but for my part I think it had certain qualities of hospitality, of humour, of humanity, which the new and very serious and hypereducated generation that is growing up around us seems to me to lack.* Very good: that was one for Miss Ivors. What did he care that his aunts were only two ignorant old women?

A murmur in the room attracted his attention. Mr Browne was advancing from the door, gallantly escorting Aunt Julia, who leaned upon his arm, smiling and hanging her head. An irregular musketry of applause escorted her also as far as the piano and then, as Mary Jane seated herself on the stool, and Aunt Julia, no longer smiling, half turned so as to pitch her voice fairly into the room, gradually ceased. Gabriel recognised the prelude. It was that of an old song of Aunt Julia's – *Arrayed for the Bridal.* Her voice, strong and clear in tone, attacked with great spirit the runs which embellish the air and though she sang very rapidly she did not miss even the smallest of the grace notes. To follow the voice, without looking at the singer's face, was to feel and share the excitement of swift and secure flight. Gabriel applauded loudly with all the others at the close of the song and loud applause was borne in from the invisible supper-table. It sounded so genuine that a little colour struggled into Aunt Julia's face as she bent to replace in the music-stand the old leather-bound song-book that had her initials on the cover. Freddy Malins, who had listened with his head perched sideways to hear her better, was still applauding when everyone else had ceased and talking animatedly to his mother who nodded her head gravely and slowly in acquiescence. At last, when he could clap no more, he stood up suddenly and hurried across the room to Aunt Julia whose hand he seized and held in both his hands, shaking it when words failed him or the catch in his voice proved too much for him.

– I was just telling my mother, he said, I never heard you sing so well, never. No, I never heard your voice so good as it is to-night. Now! Would you believe that now? That's the truth. Upon my word and honour that's the truth. I never heard your voice sound so fresh and so . . . so clear and fresh, never.

Aunt Julia smiled broadly and murmured something about compliments as she released her hand from his grasp. Mr Browne extended his open hand towards her and said to those who were near him in the manner of a showman introducing a prodigy to an audience:

– Miss Julia Morkan, my latest discovery!

He was laughing very heartily at this himself when Freddy Malins turned to him and said:

– Well, Browne, if you're serious you might make a worse discovery. All I can say is I never heard her sing half so well as long as I am coming here. And that's the honest truth.

– Neither did I, said Mr Browne. I think her voice has greatly improved.

Aunt Julia shrugged her shoulders and said with meek pride:
– Thirty years ago I hadn't a bad voice as voices go.
– I often told Julia, said Aunt Kate emphatically, that she was simply thrown away in that choir. But she never would be said by me.
She turned as if to appeal to the good sense of the others against a refractory child while Aunt Julia gazed in front of her, a vague smile of reminiscence playing on her face.
– No, continued Aunt Kate, she wouldn't be said or led by anyone, slaving there in that choir night and day, night and day. Six o'clock on Christmas morning! And all for what?
– Well, isn't it for the honour of God, Aunt Kate? asked Mary Jane, twisting round on the piano-stool and smiling.
Aunt Kate turned fiercely on her niece and said:
– I know all about the honour of God, Mary Jane, but I think it's not at all honourable for the pope to turn out the women out of the choirs that have slaved there all their lives and put little whipper-snappers of boys over their heads. I suppose it is for the good of the Church if the pope does it. But it's not just, Mary Jane, and it's not right.
She had worked herself into a passion and would have continued in defence of her sister for it was a sore subject with her but Mary Jane, seeing that all the dancers had come back, intervened pacifically:
– Now, Aunt Kate, you're giving scandal to Mr Browne who is of the other persuasion.
Aunt Kate turned to Mr Browne, who was grinning at this allusion to his religion, and said hastily:
– O, I don't question the pope's being right. I'm only a stupid old woman and I wouldn't presume to do such a thing. But there's such a thing as common everyday politeness and gratitude. And if I were in Julia's place I'd tell that Father Healy straight up to his face . . .
– And besides, Aunt Kate, said Mary Jane, we really are all

hungry and when we are hungry we are all very quarrelsome.
– And when we are thirsty we are also quarrelsome, added Mr Browne.
– So that we had better go to supper, said Mary Jane, and finish the discussion afterwards.
On the landing outside the drawing-room Gabriel found his wife and Mary Jane trying to persuade Miss Ivors to stay for supper. But Miss Ivors, who had put on her hat and was buttoning her cloak, would not stay. She did not feel in the least hungry and she had already overstayed her time.
– But only for ten minutes, Molly, said Mrs Conroy. That won't delay you.
– To take a pick itself, said Mary Jane, after all your dancing.
– I really couldn't, said Miss Ivors.
– I am afraid you didn't enjoy yourself at all, said Mary Jane hopelessly.
– Ever so much, I assure you, said Miss Ivors, but you really must let me run off now.
– But how can you get home? asked Mrs Conroy.
– O, it's only two steps up the quay.
Gabriel hesitated a moment and said:
– If you will allow me, Miss Ivors, I'll see you home if you really are obliged to go.
But Miss Ivors broke away from them.
– I won't hear of it, she cried. For goodness sake go in to your suppers and don't mind me. I'm quite well able to take care of myself.
– Well, you're the comical girl, Molly, said Mrs Conroy frankly.
– *Beannacht libh,* cried Miss Ivors, with a laugh, as she ran down the staircase.
Mary Jane gazed after her, a moody puzzled expression on

her face, while Mrs Conroy leaned over the banisters to listen for the hall-door. Gabriel asked himself was he the cause of her abrupt departure. But she did not seem to be in ill humour: she had gone away laughing. He stared blankly down the staircase.

At that moment Aunt Kate came toddling out of the supper-room, almost wringing her hands in despair.

– Where is Gabriel? she cried. Where on earth is Gabriel? There's everyone, waiting in there, stage to let, and nobody to carve the goose!

– Here I am, Aunt Kate! cried Gabriel, with sudden animation, ready to carve a flock of geese, if necessary.

A fat brown goose lay at one end of the table and at the other end, on a bed of creased paper strewn with sprigs of parsley, lay a great ham, stripped of its outer skin and peppered over with crust crumbs, a neat paper frill round its shin and beside this was a round of spiced beef. Between these rival ends ran parallel lines of side-dishes: two little minsters of jelly, red and yellow; a shallow dish full of blocks of blancmange and red jam, a large green leaf-shaped dish with a stalk-shaped handle, on which lay bunches of purple raisins and peeled almonds, a companion dish on which lay a solid rectangle of Smyrna figs, a dish of custard topped with grated nutmeg, a small bowl full of chocolates and sweets wrapped in gold and silver papers and a glass vase in which stood some tall celery stalks. In the centre of the table there stood, as sentries to a fruit-stand which upheld a pyramid of oranges and American apples, two squat old-fashioned decanters of cut glass, one containing port and the other dark sherry. On the closed square piano a pudding in a huge yellow dish lay in waiting and behind it were three squads of bottles of stout and ale and minerals, drawn up according to the colours of their uniforms, the first two black, with brown and red labels, the third and smallest squad white, with transverse

green sashes.
Gabriel took his seat boldly at the head of the table and, having looked to the edge of the carver, plunged his fork firmly into the goose. He felt quite at ease now for he was an expert carver and liked nothing better than to find himself at the head of a well-laden table.
– Miss Furlong, what shall I send you? he asked. A wing or a slice of the breast?
– Just a small slice of the breast.
– Miss Higgins, what for you?
– O, anything at all, Mr Conroy.
While Gabriel and Miss Daly exchanged plates of goose and plates of ham and spiced beef Lily went from guest to guest with a dish of hot floury potatoes wrapped in a white napkin. This was Mary Jane's idea and she had also suggested apple sauce for the goose but Aunt Kate had said that plain roast goose without apple sauce had always been good enough for her and she hoped she might never eat worse. Mary Jane waited on her pupils and saw that they got the best slices and Aunt Kate and Aunt Julia opened and carried across from the piano bottles of stout and ale for the gentlemen and bottles of minerals for the ladies. There was a great deal of confusion and laughter and noise, the noise of orders and counter-orders, of knives and forks, of corks and glass-stoppers. Gabriel began to carve second helpings as soon as he had finished the first round without serving himself. Everyone protested loudly so that he compromised by taking a long draught of stout for he had found the carving hot work. Mary Jane settled down quietly to her supper but Aunt Kate and Aunt Julia were still toddling round the table, walking on each other's heels, getting in each other's way and giving each other unheeded orders. Mr Browne begged of them to sit down and eat their suppers and so did Gabriel but they said there was time enough so that, at last, Freddy Malins stood up

and, capturing Aunt Kate, plumped her down on her chair amid general laughter.
When everyone had been well served Gabriel said, smiling:
– Now, if anyone wants a little more of what vulgar people call stuffing let him or her speak.
A chorus of voices invited him to begin his own supper and Lily came forward with three potatoes which she had reserved for him.
– Very well, said Gabriel amiably, as he took another preparatory draught, kindly forget my existence, ladies and gentlemen, for a few minutes.
He set to his supper and took no part in the conversation with which the table covered Lily's removal of the plates. The subject of talk was the opera company which was then at the Theatre Royal. Mr Bartell D'Arcy, the tenor, a darkcomplexioned young man with a smart moustache, praised very highly the leading contralto of the company but Miss Furlong thought she had a rather vulgar style of production. Freddy Malins said there was a negro chieftain singing in the second part of the Gaiety pantomime who had one of the finest tenor voices he had ever heard.
– Have you heard him? he asked Mr Bartell D'Arcy across the table.
– No, answered Mr Bartell D'Arcy carelessly.
– Because, Freddy Malins explained, now I'd be curious to hear your opinion of him. I think he has a grand voice.
– It takes Teddy to find out the really good things, said Mr Browne familiarly to the table.
– And why couldn't he have a voice too? asked Freddy Malins sharply. Is it because he's only a black?
Nobody answered this question and Mary Jane led the table back to the legitimate opera. One of her pupils had given her a pass for *Mignon.* Of course it was very fine, she said, but it made her think of poor Georgina Burns. Mr

Browne could go back farther still, to the old Italian companies that used to come to Dublin – Tietjens, Ilma de Murzka, Campanini, the great Trebelli, Giuglini, Ravelli, Aramburo. Those were the days, he said, when there was something like singing to be heard in Dublin. He told too of how the top gallery of the old Royal used to be packed night after night, of how one night an Italian tenor had sung five encores to *Let Me Like a Soldier Fall*, introducing a high C every time, and of how the gallery boys would sometimes in their enthusiasm unyoke the horses from the carriage of some great *prima donna* and pull her themselves through the streets to her hotel. Why did they never play the grand old operas, now, he asked, *Dinorah*, *Lucrezia Borgia*? Because they could not get the voices to sing them: that was why.

– O, well, said Mr Bartell D'Arcy, I presume there are as good singers to-day as there were then.

– Where are they? asked Mr Browne defiantly.

– In London, Paris, Milan, said Mr Bartell D'Arcy warmly. I suppose Caruso, for example, is quite as good, if not better than any of the men you have mentioned.

– Maybe so, said Mr Browne. But I may tell you I doubt it strongly.

– O, I'd give anything to hear Caruso sing, said Mary Jane.

– For me, said Aunt Kate, who had been picking a bone, there was only one tenor. To please me, I mean. But I suppose none of you ever heard of him.

– Who was he, Miss Morkan? asked Mr Bartell D'Arcy politely.

– His name, said Aunt Kate, was Parkinson. I heard him when he was in his prime and I think he had then the purest tenor voice that was ever put into a man's throat.

– Strange, said Mr Bartell D'Arcy. I never even heard of him.

– Yes, yes, Miss Morkan is right, said Mr Browne. I remember hearing of old Parkinson but he's too far back for me.

– A beautiful pure sweet mellow English tenor, said Aunt Kate with enthusiasm.

Gabriel having finished, the huge pudding was transferred to the table. The clatter of forks and spoons began again. Gabriel's wife served out spoonfuls of the pudding and passed the plates down the table. Midway down they were held up by Mary Jane, who replenished them with raspberry or orange jelly or with blancmange and jam. The pudding was of Aunt Julia's making and she received praises for it from all quarters. She herself said that it was not quite brown enough.

– Well, I hope, Miss Morkan, said Mr Browne, that I'm brown enough for you because, you know, I'm all brown.

All the gentlemen, except Gabriel, ate some of the pudding out of compliment to Aunt Julia. As Gabriel never ate sweets the celery had been left for him. Freddy Malins also took a stalk of celery and ate it with his pudding. He had been told that celery was a capital thing for the blood and he was just then under doctor's care. Mrs Malins, who had been silent all through the supper, said that her son was going down to Mount Melleray in a week or so. The table then spoke of Mount Melleray, how bracing the air was down there, how hospitable the monks were and how they never asked for a penny-piece from their guests.

– And do you mean to say, asked Mr Browne incredulously, that a chap can go down there and put up there as if it were a hotel and live on the fat of the land and then come away without paying a farthing?

– O, most people give some donation to the monastery when they leave, said Mary Jane.

– I wish we had an institution like that in our Church, said Mr Browne candidly.

He was astonished to hear that the monks never spoke, got

up at two in the morning and slept in their coffins. He asked what they did it for.
– That's the rule of the order, said Aunt Kate firmly.
– Yes, but why? asked Mr Browne.
Aunt Kate repeated that it was the rule, that was all. Mr Browne still seemed not to understand. Freddy Malins explained to him, as best he could, that the monks were trying to make up for the sins committed by all the sinners in the outside world. The explanation was not very clear for Mr Browne grinned and said:
– I like that idea very much but wouldn't a comfortable spring bed do them as well as a coffin?
– The coffin, said Mary Jane, is to remind them of their last end.
As the subject had grown lugubrious it was buried in a silence of the table during which Mrs Malins could be heard saying to her neighbour in an indistinct undertone:
– They are very good men, the monks, very pious men.
The raisins and almonds and figs and apples and oranges and chocolates and sweets were now passed about the table and Aunt Julia invited all the guests to have either port or sherry. At first Mr Bartell D'Arcy refused to take either but one of his neigbours nudged him and whispered something to him upon which he allowed his glass to be filled. Gradually as the last glasses were being filled the conversation ceased. A pause followed, broken only by the noise of the wine and by unsettlings of chairs. The Misses Morkan, all three, looked down at the tablecloth. Someone coughed once or twice and then a few gentlemen patted the table gently as a signal for silence. The silence came and Gabriel pushed back his chair and stood up.
The patting at once grew louder in encouragement and then ceased altogether. Gabriel leaned his ten trembling fingers on the tablecloth and smiled nervously at the company. Meeting a row of upturned faces he raised his eyes to

the chandelier. The piano was playing a waltz tune and he could hear the skirts sweeping against the drawing-room door. People, perhaps, were standing in the snow on the quay outside, gazing up at the lighted windows and listening to the waltz music. The air was pure there. In the distance lay the park where the trees were weighted with snow. The Wellington Monument wore a gleaming cap of snow that flashed westward over the white field of Fifteen Acres.

He began:

– Ladies and Gentlemen.

– It has fallen to my lot this evening, as in years past, to perform a very pleasing task but a task for which I am afraid my poor powers as a speaker are all too inadequate.

– No, no! said Mr Browne.

– But, however that may be, I can only ask you to-night to take the will for the deed and to lend me your attention for a few moments while I endeavour to express to you in words what my feelings are on this occasion.

– Ladies and Gentlemen. It is not the first time that we have gathered together under this hospitable roof, around this hospitable board. It is not the first time that we have been the recipients – or perhaps, I had better say, the victims – of the hospitality of certain good ladies.

He made a circle in the air with his arm and paused. Everyone laughed or smiled at Aunt Kate and Aunt Julia and Mary Jane who all turned crimson with pleasure. Gabriel went on more boldly:

– I feel more strongly with every recurring year that our country has no tradition which does it so much honour and which it should guard so jealously as that of its hospitality. It is a tradition that is unique as far as my experience goes (and I have visited not a few places abroad) among the modern nations. Some would say, perhaps, that with us it is rather a failing than anything to be boasted of. But granted even that, it is, to my mind, a princely failing, and one that I trust will long be cultivated among us. Of one thing, at least, I am sure. As long as this one roof shelters the good ladies aforesaid – and I wish from my heart it may do so for many and many a long year to come – the tradition of genuine warm-hearted courteous Irish hospitality, which our forefathers have handed down to us and which we in turn must hand down to our descendants, is still alive among us.

A hearty murmur of assent ran round the table. It shot through Gabriel's mind that Miss Ivors was not there and that she had gone away discourteously: and he said with confidence in himself:

– Ladies and Gentlemen.

– A new generation is growing up in our midst, a generation actuated by new ideas and new principles. It is serious and enthusiastic for these new ideas and its enthusiasm, even when it is misdirected, is, I believe, in the main sincere. But we are living in a sceptical and, if I may use the phrase, a thought-tormented age: and sometimes I fear that this new generation, educated or hypereducated as it is, will lack those qualities of humanity, of hospitality, of kindly humour which belonged to an older day. Listening to-night to the names of all those great singers of the past it seemed to me, I must confess, that we were living in a less spacious age. Those days might, without exaggeration, be called spacious days: and if they are gone beyond recall let us hope, at least, that in gatherings such as this we shall still speak of them with pride and affection, still cherish in our hearts the memory of those dead and gone great ones whose fame the world will not willingly let die.

– Hear, hear! said Mr Browne loudly.

– But yet, continued Gabriel, his voice falling into a softer inflection, there are always in gatherings such as this sadder thoughts that will recur to our minds: thoughts of the past, of youth, of changes, of absent faces that we miss here tonight. Our path through life is strewn with many such sad memories: and were we to brood upon them always we could not find the heart to go on bravely with our work among the living. We have all of us living duties and living affections which claim, and rightly claim, our strenuous endeavours.

– Therefore, I will not linger on the past. I will not let any gloomy moralising intrude upon us here to-night. Here we are gathered together for a brief moment from the bustle and rush of our everyday routine. We are met here as friends, in the spirit of good-fellowship, as colleagues, also to a certain extent, in the true spirit of *camaraderie,* and as the guests of – what shall I call them? – the Three Graces of the Dublin musical world.

The table burst into applause and laughter at this sally. Aunt Julia vainly asked each of her neighbours in turn to tell her what Gabriel had said.

– He says we are the Three Graces, Aunt Julia, said Mary Jane.

Aunt Julia did not understand but she looked up, smiling, at Gabriel, who continued in the same vein:

– Ladies and Gentlemen.

– I will not attempt to play to-night the part that Paris played on another occasion. I will not attempt to choose between them. The task would be an invidious one and one beyond my poor powers. For when I view them in turn, whether it be our chief hostess herself, whose good heart, whose too good heart, has become a byword with all who know her, or her sister, who seems to be gifted with perennial youth and whose singing must have been a surprise and a revelation to us all to-night, or, last but not least, when I consider our youngest hostess, talented, cheerful, hard-working and the best of nieces, I confess, Ladies and Gentlemen, that I do not know to which of

them I should award the prize.
Gabriel glanced down at his aunts and, seeing the large smile on Aunt Julia's face and the tears which had risen to Aunt Kate's eyes, hastened to his close. He raised his glass of port gallantly, while every member of the company fingered a glass expectantly, and said loudly:
– Let us toast them all three together. Let us drink to their health, wealth, long life, happiness and prosperity and may they long continue to hold the proud and self-won position which they hold in their profession and the position of honour and affection which they hold in our hearts.
All the guests stood up, glass in hand, and, turning towards the three seated ladies, sang in unison, with Mr Browne as leader:

For they are jolly gay fellows,
For they are jolly gay fellows,
For they are jolly gay fellows,
Which nobody can deny.

Aunt Kate was making frank use of her handkerchief and even Aunt Julia seemed moved. Freddy Malins beat time with his pudding-fork and the singers turned towards one another, as if in melodious conference, while they sang, with emphasis:

Unless he tells a lie,
Unless he tells a lie.

Then, turning once more towards their hostesses, they sang:

For they are jolly gay fellows,
For they are jolly gay fellows,
For they are jolly gay fellows,
Which nobody can deny.

The acclamation which followed was taken up beyond the

door of the supper-room by many of the other guests and renewed time after time, Freddy Malins acting as officer with his fork on high.

. . . .

The piercing morning air came into the hall where they were standing so that Aunt Kate said:
– Close the door, somebody. Mrs Malins will get her death of cold.
– Browne is out there, Aunt Kate, said Mary Jane.
– Browne is everywhere, said Aunt Kate, lowering her voice. Mary Jane laughed at her tone.
– Really, she said archly, he is very attentive.
– He has been laid on here like the gas, said Aunt Kate in the same tone, all during the Christmas.
She laughed herself this time good-humouredly and then added quickly:
– But tell him to come in, Mary Jane, and close the door. I hope to goodness he didn't hear me.
At that moment the hall-door was opened and Mr Browne came in from the doorstep, laughing as if his heart would break. He was dressed in a long green overcoat with mock astrakhan cuffs and collar and wore on his head on oval fur cap. He pointed down the snow-covered quay from where the sound of shrill prolonged whistling was borne in.
– Teddy will have all the cabs in Dublin out, he said.
Gabriel advanced from the little pantry behind the office, struggling into his overcoat and, looking round the hall, said:
– Gretta not down yet?
– She's getting on her things, Gabriel, said Aunt Kate.
– Who's playing up there? asked Gabriel.
– Nobody. They're all gone.
– O no, Aunt Kate, said Mary Jane. Bartell D'Arcy and Miss O'Callaghan aren't gone yet.

– Someone is strumming at the piano, anyhow, said Gabriel.
Mary Jane glanced at Gabriel and Mr Browne and said with a shiver:
– It makes me feel cold to look at you two gentlemen muffled up like that. I wouldn't like to face your journey home at this hour.
– I'd like nothing better this minute, said Mr Browne stoutly, than a rattling fine walk in the country or a fast drive with a good spanking goer between the shafts.
– We used to have a very good horse and trap at home, said Aunt Julia sadly.
– The never-to-be-forgotten Johnny, said Mary Jane, laughing.
Aunt Kate and Gabriel laughed too.
– Why, what was wonderful about Johnny? asked Mr Browne.
– The late lamented Patrick Morkan, our grandfahter, that is, explained Gabriel, commonly known in his later years as the old gentlemen, was a glue-boiler.
– O, now, Gabriel, said Aunt Kate, laughing, he had a starch mill.
– Well, glue or starch, said Gabriel, the old gentlemen had a horse by the name of Johnny. And Johnny used to work in the old gentleman's mill, walking round and round in order to drive the mill. That was all very well; but now comes the tragic part about Johnny. One fine day the old gentlemen thought he'd like to drive out with the quality to a military review in the park.
– The Lord have mercy on his soul, said Aunt Kate compassionately.
– Amen, said Gabriel. So the old gentleman, as I said, harnessed Johnny and put on his very best tall hat and his very best stock collar and drove out in grand style from his ancestral mansion somewhere near Back Lane, I think.

Everyone laughed, even Mrs Malins, at Gabriel's manner and Aunt Kate said:
– O now, Gabriel, he didn't live in Back Lane, really. Only the mill was there.
– Out from the mansion of his forefathers, continued Gabriel, he drove with Johnny. And everything went on beautifully until Johnny came in sight of King Billy's statue: and whether he fell in love with the horse King Billy sits on or whether he thought he was back again in the mill, anyhow he began to walk round the statue.
Gabriel paced in a circle round the hall in his goloshes amid the laughter of the others.
– Round and round he went, said Gabriel, and the old gentleman, who was a very pompous old gentleman, was highly indignant. *Go on, sir! What do you mean, sir? Johnny! Johnny! Most extraordinary conduct! Can't understand the horse!*
The peals of laughter which followed Gabriel's imitation of the incident were interrupted by a resounding knock at the hall-door. Mary Jane ran to open it and let in Freddy Malins. Freddy Malins, with his hat well back on his head and his shoulders humped with cold, was puffing and steaming after his exertions.
– I could only get one cab, he said.
– O, we'll find another along the quay, said Gabriel.
– Yes, said Aunt Kate. Better not keep Mrs Malins standing in the draught.
Mrs Malins was helped down the front steps by her son and Mr Browne and, after many manœuvres, hoisted into the cab. Freddy Malins clambered in after her and spent a long time settling her on the seat, Mr Browne helping him with advice. At last she was settled comfortably and Freddy Malins invited Mr Browne into the cab. There was a good deal of confused talk, and then Mr Browne got into the cab. The cabman settled his rug over his knees, and

bent down for the address. The confusion grew greater and the cabman was directed differently by Freddy Malins and Mr Browne, each of whom had his head out through a window of the cab. The difficulty was to know where to drop Mr Browne along the route and Aunt Kate, Aunt Julia and Mary Jane helped the discussion from the doorstep with cross-directions and contradictions and abundance of laughter. As for Freddy Malins he was speechless with laughter. He popped his head in and out of the window every moment, to the great danger of his hat, and told his mother how the discussion was progressing till at last Mr Browne shouted to the bewildered cabman above the din of everybody's laughter:

– Do you know Trinity College?

– Yes, sir, said the cabman.

– Well, drive bang up against Trinity College gates, said Mr Browne, and then we'll tell you where to go. You understand now?

– Yes, sir, said the cabman.

– Make like a bird for Trinity College.

– Right, sir, cried the cabman.

The horse was whipped up and the cab rattled off along the quay amid a chorus of laughter and adieus.

Gabriel had not gone to the door with the others. He was in a dark part of the hall gazing up the staircase. A woman was standing near the top of the first flight, in the shadow also. He could not see her face but he could see the terracotta and salmonpink panels of her skirt which the shadow made appear black and white. It was his wife. She was leaning on the banisters, listening to something. Gabriel was surprised at her stillness and strained his ear to listen also. But he could hear little save the noise of laughter and dispute on the front steps, a few chords struck on the piano and a few notes of a man's voice singing.

He stood still in the gloom of the hall, trying to catch the air that the voice was singing and gazing up at his wife. There was grace and mystery in her attitude as if she were a symbol of something. He asked himself what is a woman standing on the stairs in the shadow, listening to distant music, a symbol of. If he were a painter he would paint her in that attitude. Her blue felt hat would show off the bronze of her hair against the darkness and the dark panels of her skirt would show off the light ones. *Distant Music* he would call the picture if he were a painter.

The hall-door was closed; and Aunt Kate, Aunt Julia and Mary Jane came down the hall, still laughing.

– Well, isn't Freddy terrible? said Mary Jane. He's really terrible.

Gabriel said nothing but pointed up the stairs towards where his wife was standing. Now that the hall-door was closed the voice and the piano could be heard more clearly. Gabriel held up his hand for them to be silent. The song seemed to be in the old Irish tonality and the singer seemed uncertain both of his words and of his voice. The voice, made plaintive by distance and by the singer's hoarseness, faintly illuminated the cadence of the air with words expressing grief:

O, the rain falls on my heavy locks
And the dew wets my skin,
My babe lies cold . . .

– O, exclaimed Mary Jane. It's Bartell D'Arcy singing and he wouldn't sing all the night. O, I'll get him to sing a song before he goes.

– O do, Mary Jane, said Aunt Kate.

Mary Jane brushed past the others and ran to the staircase but before she reached it the singing stopped and the piano was closed abruptly.

– O, what a pity! she cried. Is he coming down, Gretta?

Gabriel heard his wife answer yes and saw her come down

towards them. A few steps behind her were Mr Bartell D'Arcy and Miss O'Callaghan.
– O, Mr D'Arcy, cried Mary Jane, it's downright mean of you to break off like that when we were all in raptures listening to you.
– I have been at him all the evening, said Miss O'Callaghan, and Mrs Conroy too and he told us he had a dreadful cold and couldn't sing.
– O, Mr. D'Arcy, said Aunt Kate, now that was a great fib to tell.
– Can't you see that I'm as hoarse as a crow? said Mr D'Arcy roughly.
He went into the pantry hastily and put on his overcoat. The others, taken aback by his rude speech, could find nothing to say. Aunt Kate wrinkled her brows and made signs to the others to drop the subject. Mr D'Arcy stood swathing his neck carefully and frowning.
– It's the weather, said Aunt Julia, after a pause.
– Yes, everybody has colds, said Aunt Kate readily, everybody.
– They say, said Mary Jane, we haven't had snow like it for thirty years; and I read this morning in the newspapers that the snow is general all over Ireland.
– I love the look of snow, said Aunt Julia sadly.
– So do I, said Miss O'Callaghan. I think Christmas is never really Christmas unless we have the snow on the ground.
– But poor Mr D'Arcy doesn't like the snow, said Aunt Kate, smiling.
Mr D'Arcy came from the pantry, fully swathed and buttoned, and in a repentant tone told them the history of his cold. Everyone gave him advice and said it was a great pity and urged him to be very careful of his throat in the night air. Gabriel watched his wife who did not join in the conversation. She was standing right under the dusty fanlight

and the flame of the gas lit up the rich bronze of her hair which he had seen her drying at the fire a few days before. She was in the same attitude and seemed unaware of the talk about her. At last she turned towards them and Gabriel saw that there was colour on her cheeks and that her eyes were shining. A sudden tide of joy went leaping out of his heart.

– Mr D'Arcy, she said, what is the name of that song you were singing?

– It's called *The Lass of Aughrim,* said Mr D'Arcy, but I couldn't remember it properly. Why? Do you know it?

– *The Lass of Aughrim,* she repeated. I couldn't think of the name.

–It's a very nice air, said Mary Jane. I'm sorry you were not in voice to-night.

– Now, Mary Jane, said Aunt Kate, don't annoy Mr D'Arcy. I won't have him annoyed.

Seeing that all were ready to start she shepherded them to the door where good-night was said:

– Well, good-night, Aunt Kate, and thanks for the pleasant evening.

– Good-night, Gabriel. Good-night, Gretta!

– Good-night, Aunt Kate, and thanks ever so much. Good-night, Aunt Julia.

– O, good-night, Gretta, I didn't see you.

– Good-night, Mr D'Arcy. Good-night, Miss O'Callaghan.

– Good-night, Miss Morkan.

– Good-night, again.

– Good-night, all. Safe home.

– Good-night. Good-night.

The morning was still dark. A dull yellow light brooded over the houses and the river; and the sky seemed to be descending. It was slushy underfoot; and only streaks and patches of snow lay on the roofs, on the parapets of the quay and on the area railings. The lamps were still burning redly in the murky air and, across the river, the palace of the Four Courts stood out menacingly against the heavy sky.

She was walking on before him with Mr Bartell D'Arcy her shoes in a brown parcel tucked under one arm and her hands holding her skirt up from the slush. She had no longer any grace of attitude but Gabriel's eyes were still bright with happiness. The blood went bounding along his veins; and the thoughts went rioting through his brain, proud, joyful, tender, valorous.

She was walking on before him so lightly and so erect that he longed to run after her noiselessly, catch her by the shoulders and say something foolish and affectionate into her ear. She seemed to him so frail that he longed to defend her against something and then to be alone with her. Moments of their secret life together burst like stars upon his memory. A heliotrope envelope was lying beside his breakfast-cup and he was caressing it with his hand. Birds were twittering in the ivy and the sunny web of the curtain was shimmering along the floor: he could not eat for happiness. They were standing on the crowded platform and he was placing a ticket inside the warm palm of her glove. He was standing with her in the cold, looking in through a grated window at a man making bottles in a roaring furnace. It was very cold. Her face, fragrant in the cold air, was quite close to his; and suddenly she called out to the man at the furnace:

– Is the fire hot, sir?

But the man could not hear her with the noise of the furnace. It was just as well. He might have answered rudely. A wave of yet more tender joy escaped from his heart and went coursing in warm flood along his arteries. Like the tender fires of stars moments of their life together, that no one knew of or would ever know of, broke upon and illumined his memory. He longed to recall to her those moments, to make her forget the years of their dull existence together and remember only their moments of ecstasy. For the years, he felt, had not quenched his soul or hers. Their children, his writing, her household cares had not quenched all their souls' tender fire. In one letter that he had written to her then he had said: *Why is it that words like these seem to me so dull and cold? Is it because there is no word tender enough to be your name?*

Like distant music these words that he had written years before were borne towards him from the past. He longed to be alone with her. When the others had gone away, when he and she were in their room in the hotel, then they would be alone together. He would call her softly:

– Gretta!

Perhaps she would not hear at once: she would be undressing. Then something in his voice would strike her. She would turn and look at him . . .

At the corner of Winetavern Street they met a cab. He was glad of its rattling noise as it saved him from conversation. She was looking out of the window and seemed tired. The others spoke only a few words, pointing out some building or street. The horse galloped along wearily under the murky morning sky, dragging his old rattling box after his heels, and Gabriel was again in a cab with her, galloping to catch the boat, galloping to their honeymoon.

As the cab drove across O'Connell Bridge Miss O'Callaghan said:

– They say you never cross O'Connell Bridge without seeing a white horse.

– I see a white man this time, said Gabriel.

– Where? asked Mr Bartell D'Arcy.

Gabriel pointed to the statue, on which lay patches of snow. Then he nodded familiarly to it and waved his hand.

– Good-night, Dan, he said gaily.

When the cab drew up before the hotel Gabriel jumped out and, in spite of Mr Bartell D'Arcy's protest, paid the driver. He gave the man a shilling over his fare. The man saluted and said:

– A prosperous New Year to you, sir.

– The same to you, said Gabriel cordially.

She leaned for a moment on his arm in getting out of the cab and while standing at the curbstone, bidding the others good-night. She leaned lightly on his arm, as lightly as when she had danced with him a few hours before. He had felt proud and happy then, happy that she was his, proud of her grace and wifely carriage. But now, after the kindling again of so many memories, the first touch of her body, musical and strange and perfumed, sent through him a keen pang of lust. Under cover of her silence he pressed her arm closely to his side; and, as they stood at the hotel door, he felt that they had escaped from their lives and duties, escaped from home and friends and run away together with wild and radiant hearts to a new adventure.

An old man was dozing in a great hooded chair in the hall. He lit a candle in the office and went before them to the stairs. They followed him in silence, their feet falling in soft thuds on the thickly carpeted stairs. She mounted the stairs behind the porter, her head bowed in the ascent, her frail shoulders curved as with a burden, her skirt girt tightly about her. He could have flung his arms about her hips and held her still for his arms were trembling with desire to seize her and only the stress of his nails against the palms of his hands held the wild impulse of his body in check. The porter halted on the stairs to settle his guttering candle. They halted too on the steps below him. In the silence Gabriel could hear the falling of the molten wax into the tray and the thumping of his own heart against his ribs.

The porter led them along a corridor and opened a door. Then he set his unstable candle down on a toilet-table and

asked at what hour they were to be called in the morning.
– Eight, said Gabriel.
The porter pointed to the tap of the electric-light and began a muttered apology but Gabriel cut him short.
– We don't want any light. We have light enough from the street. And I say, he added, pointing to the candle, you might remove that handsome article, like a good man.
The porter took up his candle again, but slowly for he was surprised by such a novel idea. Then he mumbled goodnight and went out. Gabriel shot the lock to.
A ghostly light from the street lamp lay in a long shaft from one window to the door. Gabriel threw his overcoat and hat on a couch and crossed the room towards the window. He looked down into the street in order that his emotion might calm a little. Then he turned and leaned against a chest of drawers with his back to the light. She had taken off her hat and cloak and was standing before a large swinging mirror, unhooking her waist. Gabriel paused for a few moments, watching her, and then said:
– Gretta!
She turned away from the mirror slowly and walked along the shaft of light towards him. Her face looked so serious and weary that the words would not pass Gabriel's lips. No, it was not the moment yet.
– You looked tired, he said.
– I am a little, she answered.
– You don't feel ill or weak?
– No, tired: that's all.
She went on to the window and stood there, looking out. Gabriel waited again and then, fearing that diffidence was about to conquer him, he said abruptly:
– By the way, Gretta!
– What is it?
– You know that poor fellow Malins? he said quickly.
– Yes. What about him?

– Well, poor fellow, he's a decent sort of chap after all, continued Gabriel in a false voice. He gave me back that sovereign I lent him and I didn't expect it really. It's a pity he wouldn't keep away from that Browne, because he's not a bad fellow at heart.
He was trembling now with annoyance. Why did she seem so abstracted? He did not know how he could begin. Was she annoyed, too, about something? If she would only turn to him or come to him of her own accord! To take her as she was would be brutal. No, he must see some ardour in her eyes first. He longed to be master of her strange mood.
– When did you lend him the pound? she asked, after a pause.
Gabriel strove to restrain himself from breaking out into brutal language about the sottish Malins and his pound. He longed to cry to her from his soul, so crush her body against his, to overmaster her. But he said:
– O, at Christmas, when he opened that little Christmas-card shop in Henry Street.
He was in such a fever of rage and desire that he did not hear her come from the window. She stood before him for an instant, looking at him strangely. Then, suddenly raising herself on tiptoe and resting her hands lightly on his shoulders, she kissed him.
–You are a very generous person, Gabriel, she said.
Gabriel, trembling with delight at her sudden kiss and at the quaintness of her phrase, put his hands on her hair and began smoothing it back, scarcely touching it with his fingers. The washing had made it fine and brilliant. His heart was brimming over with happiness. Just when he was wishing for it she had come to him of her own accord. Perhaps her thoughts had been running with his. Perhaps she had felt the impetuous desire that was in him and then the yielding mood had come upon her. Now that she had

fallen to him so easily he wondered why he had been so diffident.

He stood, holding her head between his hands. Then, slipping one arm swiftly about her body and drawing her towards him, he said softly:

– Gretta dear, what are you thinking about?

She did not answer nor yield wholly to his arm. He said again, softly:

– Tell me what it is, Gretta. I think I know what is the matter. Do I know?

She did not answer at once. Then she said in an outburst of tears:

– O, I am thinking about that song, *The Lass of Aughrim.*

She broke loose from him and ran to the bed and, throwing her arms across the bed-rail, hid her face. Gabriel stood stockstill for a moment in astonishment and then followed her. As he passed in the way of the cheval-glass he caught sight of himself in full length, his broad, well-filled shirt-front, the face whose expression always puzzled him when he saw it in a mirror and his glimmering gilt-rimmed eye-glasses. He halted a few paces from her and said:

– What about the song? Why does that make you cry?

She raised her head from her arms and dried her eyes with the back of her hand like a child. A kinder note than he had intended went into his voice.

– Why, Gretta? he asked.

– I am thinking about a person long ago who used to sing that song.

– And who was the person long ago? asked Gabriel, smiling.

– It was a person I used to know in Galway when I was living with my grandmother, she said.

The smile passed away from Gabriel's face. A dull anger began to gather again at the back of his mind and the dull fires of his lust began to glow angrily in his veins.

– Someone you were in love with? he asked ironically.
– It was a young boy I used to know, she answered, named Michael Furey. He used to sing that song, *The Lass of Aughrim.* He was very delicate.
Gabriel was silent. He did not wish her to think that he was interested in this delicate boy.
– I can see him so plainly, she said after a moment. Such eyes as he had: big dark eyes! And such an expression in them – an expression!
– O then, you were in love with him? said Gabriel.
– I used to go out walking with him, she said, when I was in Galway.
A thought flew across Gabriel's mind.
– Perhaps that was why you wanted to go to Galway with that Ivors girl? he said coldly.
She looked at him and asked in surprise:
– What for?
Her eyes made Gabriel feel awkward. He shrugged his shoulders and said:
– How do I know? To see him perhaps.
She looked away from him along the shaft of light towards the window in silence.
– He is dead, she said at length. He died when he was only seventeen. Isn't it a terrible thing to die so young as that?
– What was he? asked Gabriel, still ironically.
– He was in the gasworks, she said.
Gabriel felt humiliated by the failure of his irony and by the evocation of this figure from the dead, a boy in the gasworks. While he had been full of memories of their secret life together, full of tenderness and joy and desire, she had been comparing him in her mind with another. A shameful consciousness of his own person assailed him. He saw himself as a ludicrous figure, acting as a pennyboy for his aunts, a nervous well-meaning sentimentalist, orating to vulgarians and idealising his own clownish lusts, the

pitiable fatuous fellow he had caught a glimpse of in the mirror. Instinctively he turned his back more to the light lest she might see the shame that burned upon his forehead.

He tried to keep up his tone of cold interrogation but his voice when he spoke was humble and indifferent.

– I suppose you were in love with this Michael Furey, Gretta, he said.

– I was great with him at that time, she said.

Her voice was veiled and sad. Gabriel, feeling now how vain it would be to try to lead her whither he had purposed, caressed one of her hands and said, also sadly:

– And what did he die of so young, Gretta? Consumption, was it?

– I think he died for me, she answered.

A vague terror seized Gabriel at this answer as if, at that hour when he had hoped to triumph, some impalpable and vindictive being was coming against him, gathering forces against him in its vague world. But he shook himself free of it with an effort of reason and continued to caress her hand. He did not question her again for he felt that she would tell him of herself. Her hand was warm and moist: it did not respond to his touch but he continued to caress it just as he had caressed her first letter to him that spring morning.

– It was in the winter, she said, about the beginning of the winter when I was going to leave my grandmother's and come up here to the convent. And he was ill at the time in his lodgings in Galway and wouldn't be let out and his people in Oughterard were written to. He was in decline, they said, or something like that. I never knew rightly.

She paused for a moment and sighed.

– Poor fellow, she said. He was very fond of me and he was such a gentle boy. We used to go out together, walking, you know, Gabriel, like the way they do in the country.

He was going to study singing only for his health. He had a very good voice, poor Michael Furey.
– Well; and then? asked Gabriel.
– And then when it came to the time for me to leave Galway and come up to the convent he was much worse and I wouldn't be let see him so I wrote a letter saying I was going up to Dublin and would be back in the summer and hoping he would be better then.
She paused for a moment to get her voice under control and then went on:
– Then the night before I left I was in my grandmother's house in Nuns' Island, packing up, and I heard gravel thrown up against the window. The window was so wet I couldn't see so I ran downstairs as I was and slipped out the back into the garden and there was the poor fellow at the end of the garden, shivering.
– And did you not tell him to go back? asked Gabriel.
– I implored of him to go home at once and told him he would get his death in the rain. But he said he did not want to live. I can see his eyes as well as well! He was standing at the end of the wall where there was a tree.
– And did he go home? asked Gabriel.
– Yes, he went home. And when I was only a week in the convent he died and he was buried in Oughterard where his people came from. O, the day I heard that, that he was dead!
She stopped, choking with sobs, and, overcome by emotion, flung herself face downward on the bed, sobbing in the quilt. Gabriel held her hand for a moment longer, irresolutely, and then, shy of intruding on her grief, let it fall gently and walked quietly to the window.

She was fast asleep.
Gabriel, leaning on his elbow, looked for a few moments unresentfully on her tangled hair and half-open mouth,

listening to her deep-drawn breath. So she had had that romance in her life: a man had died for her sake. It hardly pained him now to think how poor a part he, her husband, had played in her life. He watched her while she slept as though he and she had never lived together as man and wife. His curious eyes rested long upon her face and on her hair: and, as he thought of what she must have been then, in that time of her first girlish beauty, a strange friendly pity for her entered his soul. He did not like to say even to himself that her face was no longer beautiful but he knew that it was no longer the face for which Michael Furey had braved death.

Perhaps she had not told him all the story. His eyes moved to the chair over which she had thrown some of her clothes. A petticoat string dangled to the floor. One boot stood upright, its limp upper fallen down: the fellow of it lay upon its side. He wondered at his riot of emotions of an hour before. From what had it proceeded? From his aunt's supper, from his own foolish speech, from the wine and dancing, the merrymaking when saying good-night in the hall, the pleasure of the walk along the river in the snow. Poor Aunt Julia! She, too, would soon be a shade with the shade of Patrick Morkan and his horse. He had caught that haggard look upon her face for a moment when she was singing *Arrayed for the Bridal.* Soon, perhaps, he would be sitting in that same drawing-room, dressed in black, his silk hat on his knees. The blinds would be drawn down and Aunt Kate would be sitting beside him, crying and blowing her nose and telling him how Julia had died. He would cast about in his mind for some words that might console her, and would find only lame and useless ones. Yes, yes: that would happen very soon.

The air of the room chilled his shoulders. He stretched himself cautiously along under the sheets and lay down beside his wife. One by one they were all becoming shades.

Better pass boldly into that other world, in the full glory of some passion, than fade and wither dismally with age. He thought of how she who lay beside him had locked in her heart for so many years that image of her lover's eyes when he had told her that he did not wish to live.

Generous tears filled Gabriel's eyes. He had never felt like that himself towards any woman but he knew that such a feeling must be love. The tears gathered more thickly in his eyes and in the partial darkness he imagined he saw the form of a young man standing under a dripping tree. Other forms were near. His soul had approached that region where dwell the vast hosts of the dead. He was conscious of, but could not apprehend, their wayward and flickering existence. His own identity was fading out into a grey impalpable world: the solid world itself which these dead had one time reared and lived in was dissolving and dwindling.

A few light taps upon the pane made him turn to the window. It had begun to snow again. He watched sleepily the flakes silver and dark, falling obliquely against the lamplight. The time had come for him to set out on his journey westward. Yes, the newspapers were right: snow was general all over Ireland. It was falling on every part of the dark central plain, on the treeless hills, falling softly upon the Bog of Allen and, farther westward, softly falling into the dark mutinous Shannon waves. It was falling, too, upon every part of the lonely churchyard on the hill where Michael Furey lay buried. It lay thickly drifted on the crooked crosses and headstones, on the spears of the little gate, on the barren thorns. His soul swooned slowly as he heard the snow falling faintly through the universe and faintly falling, like the descent of their last end, upon all the living and the dead.

Anhang

Richard Ellmann
Die Hintergründe zu den »Toten«

Der Aufenthalt in Rom schien zwecklos gewesen zu sein, aber Joyce wurde sich während dieser Zeit seiner veränderten Haltung gegenüber Irland und damit auch gegenüber der Welt bewußt. Seine neuen Vorstellungen legte er in den »Toten« nieder. Die Novelle, die eine lange Wartezeit benötigt hatte, begann zwar schon in Rom Form anzunehmen, wurde aber erst nach seiner Abreise aus der Stadt niedergeschrieben. Hinweise, plötzliche Einsichten und alte Erinnerungen stauten sich in seinem Geiste an, bis er sich endlich wie König Midas' Barbier zum Sprechen gezwungen sah.

Obwohl die Geschichte vorwiegend von drei Generationen seiner Familie in Dublin handelt, liegt ihr auch ein Vorfall zugrunde, der sich im Jahre 1903 in Galway zutrug. Damals warb Michael (Sonny) Bodkin um Nora Barnacle, zog sich aber Tuberkulose zu und wurde ans Bett gefesselt. Kurz darauf beschloß Nora, nach Dublin zu gehen. Bodkin schlich sich trotz dem regnerischen Wetter aus seinem Krankenzimmer, um ihr unter einem Apfelbaum ein Ständchen zu bringen und Lebwohl zu sagen. In Dublin erfuhr Nora bald, daß Bodkin gestorben war, und als sie Joyce kennenlernte, wurde sie zuerst – das erzählte sie ihrer Schwester – von seiner Ähnlichkeit mit Sonny Bodkin angezogen.

Joyces Gewohnheit, Einzelheiten aufzuspüren, hatte ihn schon vor ihrer Abreise aus Dublin veranlaßt, genaue Erkundigungen über Nora einzuholen. Es hatte ihn beunruhigt, daß sie schon vor ihm andere junge Männer interessiert hatten. Es war ihm gar nicht angenehm, zu wissen, daß ihr Herz immer noch, wenn auch nur von Mitleid bewegt wurde, wenn sie sich an den Jungen erinnerte, der sie geliebt hatte. Für einen Mann mit Joyces eifersüchtiger

Veranlagung bildete sich leicht und unter Verdruß die Vorstellung, er sei in einem gewissen Sinne Rivale eines Toten, der auf dem kleinen Friedhof bei Oughterard begraben lag. Das war einer der Hintergründe seiner Klage gegenüber Tante Josephine, Nora sehe ihn immer ganz wie andere Männer.

Ein paar Monate nachdem er diesem Ärger Ausdruck verliehen hatte, als Joyce und Nora Barnacle bereits im Jahre 1905 in Triest lebten, erhielt er einen weiteren Anstoß für »Die Toten«. Stanislaus erwähnte zufällig in einem Brief, er habe ein Konzert Plunket Greenes, des irischen Baritons, besucht, an dem eine von Thomas Moores *Irish Melodies,* »O Ye Dead« (»O ihr Toten!«) gesungen worden sei. Das Lied, ein Gespräch der Lebenden und Toten, war reichlich unheimlich; was aber Stanislaus besonders beeindruckte, war Greenes Interpretation der zweiten Strophe, in der die Toten den Lebenden antworten, als winselten sie um die körperliche Existenz, die sie nun nicht mehr genießen können:

It is true, it is true, we are shadows cold and wan;
And the fair and the brave whom we loved on earth are
But still thus ev'n in death, [gone;
So sweet the living breath
Of the fields and the flow'rs in our youth we wandered
That ere, condemn'd, we go [o'er,
To freeze, 'mid Hecla's snow,
We would taste it awhile, and think we live once more!

James' Interesse war geweckt, und er bat Stanislaus, ihm den Wortlaut zu senden, den er selber singen lernte. Seine Gefühle zum toten Geliebten seiner Frau fanden hier ihr dramatisches Gegenstück in der Eifersucht der Toten auf die Lebenden in Moores Lied: es sah fast aus, als seien Lebende und Tote gegenseitig aufeinander eifersüchtig. Ein

weiterer Zug dieser Rivalität findet sich im *Ulysses,* wo Stephan dem Geist seiner Mutter, dessen verglasende Augen aus dem Tode starrten, »um meine Seele zu erschüttern und zu beugen . . . mich niederzuzwingen«, da er ihn nicht aus seinem Geist verbannen kann, zuruft: »Nein, Mutter. Laß mich in Ruhe und laß mich leben.« Daß die Toten nicht im Grabe bleiben, ist tatsächlich ein Thema, das Joyces Werk von Anfang bis Ende durchzieht; Finnegan ist nicht der einzige Leichnam, der wiederaufersteht.
In Rom beeinflußte die Zudringlichkeit der Toten seine Gedanken an Dublin, eine andere katholische Stadt, die er aufgegeben hatte, und auch eine Stadt, deren sichtbare und unsichtbare Ruinen zum Greifen nahe waren. Es formte sich in ihm immer aufdringlicher das Gefühl, daß die tote Stadt ungebührlich stark auf die lebende übergreife. Die trennende Ähnlichkeit bestand darin, daß das hinter ihm begrabene Dublin immer noch durch seine Gedanken geisterte. Im *Ulysses* wurde das Thema in viel schrecklicherer Form nochmals angeschlagen, im Geiste Stephans, der Leichen wie Vampire aus ihren Gräbern steigen sieht, welche die Lebenden ihrer Lebensfreude berauben wollen. Brautbett, Kindbett und Totenbett sind miteinander verknüpft, und der Tod »naht, ein Vampir, durch Sturm seine Augen, seine Fledermaussegel überbluten die See, Mund dem Kuß ihres Mundes.« Wir können gleichzeitig im Tod wie im Leben weilen.
Am 11. Februar 1907, nach sechs Monaten Aufenthalt in Rom, wußte Joyce in großen Zügen, wie die Geschichte geschrieben werden müsse. Eine seiner Schwierigkeiten, mit Schreiben anzufangen, lag, wie er selbst zugab, im Dubliner Streit um *The Playboy of the Western World.* Synge war dem Rate Yeats', den Joyce ausgeschlagen hatte, gefolgt, hatte die Inspiration im irischen Volk gesucht und war auf die Aran-Inseln gefahren. Diese alte Streitfrage findet in dieser Novelle ihren Widerhall. Fräulein

Ivors, die Nationalistin, versucht Gabriel dazu zu überreden, nach Aran zu gehen, und tadelt ihn für seinen Mangel an vaterländischem Gefühl, als er sich weigert. Obwohl Gabriel beabsichtigt, die Autonomie der Kunst und deren Gleichgültigkeit gegenüber der Politik zu verteidigen, weiß er wohl, daß eine solche Verteidigung anmaßend wäre, weshalb er sich bloß zu der Bemerkung aufrafft, er habe sein eigenes Land satt. Aber die Frage ist für ihn beileibe nicht gelöst.

»Die Toten« beginnt mit einer Gesellschaft und endet mit einer Leiche und verflicht so, wie in der Totenwache Finnegans, *funferal* (= Spaß für alle) mit *funeral* (= Leichenbegängnis). Der Anfang mit einer Gesellschaft geht zumindest teilweise auf Joyces Gefühl zurück, die übrigen Erzählungen in *Dublin* erfaßten das Gesamtbild der Stadt nicht vollständig. In einem Brief vom 25. September 1906 hatte er seinem Bruder von Rom aus geschrieben, einige Elemente Dublins seien in seinen Geschichten nicht berührt worden: »Ich habe ihre freimütige Insularität und ihre Gastfreundschaft nicht gestaltet. Die letztgenannte ›Tugend‹ gibt es, soweit ich sehe, nirgends sonst in Europa.« Ein weniges von dieser Wärme ließ er auch in »Die Toten« einfließen. In seiner Rede an der Weihnachtsgesellschaft rühmt Gabriel Conroy Irland ausdrücklich für diese Tugend der Gastfreundschaft, obgleich die Art und Weise, wie er seinem Gedanken Ausdruck verleiht, deutlich vom Stil der Tischreden gezeichnet ist: »Mit jedem neuen Jahr empfinde ich lebhafter, daß unser Land keine Tradition hat, die ihm so zur Ehre gereicht und die es so eifersüchtig hüten sollte wie die seiner Gastfreundlichkeit. Es ist eine Tradition, die unter den heutigen Völkern einmalig dasteht, soweit meine Erfahrung reicht (und ich bin an nicht wenigen Orten im Ausland gewesen).« Das war Joyces indirekte Art, mit der Wiedergutmachung zu beginnen, in einer Sprache, die sich über seine eigene lustig machte. Bei den Einzelheiten für »Die Toten« sehen wir Joyce die Wahl treffen, die, meisterhaft, wie sie ist, doch die Vorurteile verrät, die ihn im Banne hielten. Als er einmal entschlossen war, eine irische Gesellschaft darzustellen, fiel ihm die Wahl der Örtlichkeit, bei den Fräulein Morkans, nicht mehr schwer. Er hatte bereits für den *Stephen Daedalus* die Beschreibung einer Weihnachtsgesellschaft in seinem eigenen Hause geplant, einer Gesellschaft, die ebenso durch ein Gespräch über einen Toten überschattet werden sollte. Die übrigen festlichen Anlässe seiner Kindheit standen alle mit seinen gastfreundlichen Großtanten Frau Callanan und Frau Lyons sowie Frau Callanans Tochter Mary Ellen, in deren Hause auf Usher's Island 15, das auch unter dem Namen »Fräulein Flynns Schule« bekannt war, in Verbindung. Dort pflegten sich alljährlich alle Joyces, die alt genug waren, einzufinden, und John Joyce zerlegte jeweils die Gans und hielt die Rede. Stanislaus Joyce sagt, die Rede Gabriel Conroys in den »Toten« sei eine gute Nachahmung vom Rednerstil seines Vaters.

In Joyces Erzählung werden die Flynn-Mädchen, Frau Callanan und Frau Lyons, zu den ledigen Damen Morkan und Mary Ellen Callanan zu Mary Jane. Die meisten Gäste wurden auch aus Joyces Erinnerungen hervorgeholt. Frau Lyons hatte einen Sohn Freddy, der einen Laden mit Weihnachtskarten an der Grafton Street führte. Joyce läßt ihn als Freddy Malins auftreten und verlegt seinen Laden an die weniger vornehme Henry Street, vielleicht um anzudeuten, daß er den Sovereign nötig hatte, den Gabriel ihm lieh. Eine weitere Verwandte von Joyces Mutter, eine Kusine ersten Grades, heiratete einen Protestanten namens Mervyn Archdale Browne, der von Beruf Musiklehrer und gleichzeitig Vertreter für eine Diebstahlversicherungsgesellschaft war. Joyce gibt ihm in den »Toten« seinen wahren Namen. Bartell d'Arcy, der heisere Sänger in

der Erzählung, geht zurück auf Barton M'Guckin, den führenden Tenor an der Carl Rosa Opera Company. Es hätte noch andere Tenöre gegeben, wie zum Beispiel John McCormack, auf die Joyce hätte greifen können, aber er brauchte einen, der erfolglos und mit sich selbst nicht im reinen war, und seines Vaters so oft erzählte Anekdote über M'Guckins Mangel an Selbstvertrauen gab ihm genau den Sänger in die Hand, nach dem er Bartell d'Arcy zu zeichnen beabsichtigte.
Die Gestaltung seines Helden, Gabriel Conroy, war vielfältiger. Die Grundsituation der Eifersucht auf den toten Geliebten der Frau war natürlich Joyces eigene. Der Mann, der ermordet wird, läßt D. H. Lawrence eine seiner Gestalten sagen, wünscht ermordet zu werden, und einige Charaktere brauchen das Gefühl, ihre Freunde und Geliebten würden sie betrügen. Joyce kam in seinen Gesprächen oft auf das Wort »Verrat« zurück; und die in Schwierigkeiten verstrickten Unschuldigen, die er zu seinen Helden macht, sind alle Erscheinungen dieser Konzeption von sich selbst. Obwohl Gabriel weniger eindrücklich erscheint als seine anderen Helden: Stephan, Bloom, Richard Rowan oder Earwicker, gehört er doch zu ihrer erlesenen Gesellschaft von Hintergangenen.
In mehreren Punkten überträgt Joyce seine eigenen Erfahrungen auf Gabriel. Der Brief, den sich Gabriel am Anfang ihrer Liebe an Gretta Conroy geschrieben zu haben erinnert, ist einer davon. Daraus zitiert Gabriel für sich selbst das Gefühl: »Wie kommt es, daß Worte wie diese mir so stumpf und kalt erscheinen? Liegt es daran, daß es kein Wort gibt, welches zärtlich genug wäre, Dein Name zu sein?« Diese Sätze sind fast wörtlich einem Brief entnommen, den Joyce im Jahre 1904 an Nora schrieb. Es war natürlich auch Joyce, der Buchbesprechungen schrieb, genau wie es Gabriel Conroy für den *Daily Express* tut. Da der *Daily Express* proenglisch eingestellt war, hatte man

ihn wahrscheinlich bei seinen zahlreichen Besuchen im Hause des Parlamentariers David Sheehy damit geneckt. Eine der Sheehy-Töchter, Kathleen, hat vielleicht auch als Modell für Fräulein Ivors gedient, denn sie trug dieses unausgeschnittene Kleid und die Brosche mit dem irischen Wahlspruch. In Grettas früherem Geliebten, in Gabriels Briefen, in den Buchbesprechungen und den Diskussionen darüber sowie im körperlichen Ebenbild Gabriels mit dem in der Mitte gescheitelten Haar und der eingefaßten Brille bezog sich Joyce unmittelbar auf sein eigenes Leben. Auch sein Vater war an der Erzählung stark beteiligt. Stanislaus Joyce erinnert sich, daß Vater und Mutter manchmal die Joyce-Kinder mit einer Gouvernante zu Hause ließen, als diese noch zu klein waren, zu der Gesellschaft der Fräulein Flynn mitgenommen zu werden, und dann in einem Dubliner Hotel übernachteten, statt nach ihrem Hause in Bray zurückzukehren. Gabriel und Gretta halten es genau so. Gabriels Streitigkeiten mit der Mutter weisen auch auf John Joyces Streitigkeiten mit seiner Mutter hin, die die Heirat ihres Sohnes mit einer Frau aus niedrigerem Stand nie gelten ließ. Aber John Joyces Wesen glich dem Gabriels nicht, denn er zweifelte nicht an sich selbst und war trotz zahlreichen Versagern immer voller Selbstbewußtsein. Er besaß dasselbe unerschütterliche Selbstvertrauen wie sein Sohn James. Es gab unter Joyces Freunden ein anderes Vorbild für Gabriels Persönlichkeit, nämlich Constantine Curran, den man manchmal mit dem Spottnamen »behutsamer Con« rief. Er ist aber ein bemerkenswerterer Mensch, als es Joyce ihm zugesteht, doch Joyce stützte sich auf seine Erinnerungen an Curran als sehr jungem Mann und verfärbte sie auch zweifellos ein wenig. Daß er zumindest teilweise Curran vor Augen hatte, geht daraus hervor, daß er Gabriels Bruder Currans Vornamen Constantine gibt und Gabriels Bruder wie jenen Currans zum Priester macht. Curran hat dieselbe lebhafte Gesichtsfarbe und dasselbe nervöse, ängstliche Benehmen wie Gabriel, und wie Gabriel ist er auf dem Kontinent gereist und hat sich kosmopolitische Ansichten zugelegt. Curran heiratete wie Conroy eine Frau, die keine Dublinerin war, obwohl sie nicht weiter westlich als Limerick zu Hause war. In anderer Hinsicht ist er ganz verschieden. Gabriel wurde zur Hauptsache aus Curran, Joyces Vater und Joyce selbst zusammengestellt. Wahrscheinlich wußte Joyce, daß es auf Howth einen Gastwirt namens Gabriel Conroy gab, oder, wie Gerhard Friedrich vermutet[1], kann er auch den Namen dem Titel eines Romans von Bret Harte entliehen haben. Wenn nicht der Name, so war aber doch der Charakter seine eigene Mischung.[2]

Joyce hatte nun seine Personen, seine Gesellschaft und einen Teil ihrer Entwicklung. In dem festlichen Rahmen, in dem der Schnee den Ausblick ständig wechselt, bis er sich schließlich, wie W. Y. Tindall vorbringt, selbst verändert, entwickelt er Gabriels private Ängste, sein Gefühl der Unzulänglichkeit und sein verdrießliches Beharren auf seinen eigenen kleinen Ansprüchen. Von Anfang an ist er verletzlich; seine gutgemeinten und sogar großzügigen Annäherungen werden regelmäßig mißverstanden. Das Dienstmädchen zerstört seinen optimistischen Glauben, jedermann sei glücklich in der Liebe und auf dem Wege zum Traualtar. Er ist aber seiner selbst nicht sicher genug, die Tadel aus seinem Kopf zu verbannen, die ihm seit langer Zeit anhaften. So schämt er sich zum Beispiel, trotz seiner unterwürfigen Haltung gegenüber Gretta, ihrer Herkunft aus dem Westen Irlands. Er kann die Erinne-

1 Gerhard Friedrich: »Bret Harte as a Source for James Joyce's ›The Dead‹«, *Philological Quarterly*, XXXIII, Oktober 1954, S. 442ff.

2 Der Name von Conroys Gattin Gretta wurde bei einer anderen Freundin entliehen, Gretta (in Wirklichkeit Margarete) Cousins, der Frau von James H. Cousins. Da Joyce zur gleichen Zeit, da er über »Die Toten« nachdachte, in einem Brief die Gefahr erwähnt, ein »geduldiger Cousins« zu werden, erinnerte er sich offensichtlich damals an diese Familie.

rung an die Bemerkung seiner toten Mutter nicht ertragen, Gretta sei eine »Plietsche vom Land«, und als Fräulein Ivors von Gretta sagt: »Sie stammt doch aus Connacht, nicht wahr?«, antwortet er kurz: »Ihre Familie, ja.« Er hat sie aus diesem Sumpf gerettet. Fräulein Ivors Vorschlag, einer Anhängerin der Gälischen Liga würdig, seine Ferien auf den Aran-Inseln zu verbringen, wo Irisch gesprochen wird (im Westen), verwirrt ihn. Das ist gerade der Fleck in der Vergangenheit seiner Frau, den er zu vergessen wünscht. Über weite Strecken der Geschichte verknüpfen Gabriels Gedanken den Westen Irlands mit der Vorstellung einer dunklen und recht peinlichen Primitivität, einem Zug seines Landes, dem er durch seine Reisen auf den Kontinent beharrlich auswich. Der Westen ist Wildheit; im Osten und Süden trinken die Leute Wein und tragen Galoschen.

Gabriel ist in seiner Überzeugung etwas erschüttert worden, hält aber daran bis zum Ende fest. Ohne daß es ihm bewußt wird, wird sie durch das Lied »The Lass of Aughrim« herausgefordert. Aughrim ist ein kleines Dorf im Westen, nicht weit von Galway. Das Lied hat noch eine besondere Bedeutung; es handelt von einer Frau, die, von Lord Gregory verführt und im Stich gelassen, mit ihrem Baby durch den Regen kommt und um Einlaß in sein Haus bittet. Es bringt die Bauernmutter und den gebildeten Verführer zusammen; Gabriel hört aber den Worten nicht zu, er betrachtet nur seine Frau beim Zuhören. Joyce hatte diese Ballade von Nora gehört; vielleicht zog er auch in Erwägung, Tom Moores »O, Ye Dead« in die Geschichte zu verarbeiten, muß dann aber eingesehen haben, daß »The Lass of Aughrim« die Beziehung zum Westen und Michael Fureys Besuch bei Gretta im Regen besser zum Ausdruck bringt. Aber die Idee, überhaupt ein Lied zu verwenden, mag ihm gut als Folge der Erregung gekommen sein, die Moores Lied in ihm hervorrief.

Dann gehen Gretta und Gabriel zum Gresham Hotel, Gabriel befeuert durch seine lebende Frau und Gretta niedergeschlagen durch die Erinnerung an ihren toten Geliebten. Er hört nun zum erstenmal von dem jungen Mann in Galway, dessen Namen Joyce geschickt von Sonny oder Michael Bodkin in Michael Furey abgeändert hat. Der neue Name läßt – wie der Gegensatz zwischen dem streitbaren Michael und dem freundlich-sanften Gabriel – jene heftige Leidenschaft ahnen, die in ihrer Galwayer Vergangenheit, nicht in ihrer Dubliner Gegenwart lebt. Gabriel versucht Michael Furey herunterzumachen. »Was war er?« fragt er, im Vertrauen, daß sein eigener Beruf als Sprachlehrer (den er natürlich mit Joyce gemeinsam hat) überlegen sei. »Er hat im Gaswerk gearbeitet«, antwortete sie, als sei dieser Beruf ebenso gut wie irgendeiner. Dann setzt Gabriel nochmals an: »Und woran ist er so jung gestorben, Gretta? Schwindsucht, ja?« Er hofft, die übliche Mitleidsbekundung zu hören, aber Gretta bringt ihn mit ihrer Antwort: »Ich glaube, er ist meinetwegen gestorben«, zum Schweigen und entsetzt ihn.[1] Da Joyce ja bereits zu verstehen gegeben hatte, daß Michael Furey Tuberkulose hatte, liegt in dieser Antwort Grettas ein feiner Doppelsinn.

Sie behauptet den Egoismus der Leidenschaft und bietet unbewußt Gabriels vernünftiger Frage Trotz.

Jetzt unterliegt Gabriel dem toten Geliebten seiner Frau allmählich und wird zum Pilger auf den Wegen leidenschaftlicher Gefühle, die außerhalb seiner eigenen Erfahrung liegen. Vom biographischen Standpunkt aus bilden diese Schlußseiten eine der verschiedenen Achtungsbe-

1 Adaline Glasheen hat hier ein Echo aus Yeats' nationalistischem Stück *Cathleen ni Houlihan* (1902) entdeckt, wo ein altes Weib, das Irland symbolisiert, ein Lied vom »strohblonden Donough, der in Galway gehängt wurde«, singt. Als sie gefragt wird: »Was war es, das ihm diesen Tod eintrug?«, antwortet sie: »Er starb aus Liebe zu mir; viele Männer sind aus Liebe zu mir gestorben.«

zeugungen, die Joyce der schlichten Redlichkeit seiner Frau zollt. Nora Barnacle war trotz ihrem Mangel an Erziehung unabhängig, unbefangen und handelte instinktiv richtig. Gabriel wird sich derselben Ganzheit in seiner Frau bewußt und erkennt im Westen Irlands, in Michael Furey, eine Leidenschaft, die ihm immer gefehlt hat. »Es war besser, kühn in jene andere Welt hinüberzugehen, in der ganzen Glorie einer Leidenschaft, als kläglich vor Alter zu schwinden und zu verwelken«, läßt Joyce Gabriel denken. Und dann folgt jener merkwürdige Satz im Schlußabschnitt: »Die Zeit war für ihn gekommen, seine Reise gen Westen anzutreten.« Als abgedroschene Redensart würde das besagen, jede Reise nach dem Westen führe zum Tode, aber der Westen hat in dieser Novelle eine eigene Bedeutung. Gretta Conroys Westen ist der Ort, wo das Leben einfach und leidenschaftlich gelebt worden war. Kontext und Formulierung lassen ahnen, daß sich Gabriel am Einschlafen befindet und halb bewußt annimmt, was er bisher verschmähte: die Möglichkeit einer wirklichen Reise nach Connaught. Was der Satz endlich auf der Gefühlsebene bekräftigt, ist das westliche, primitive, naturhafte und impulsive Land, dem sich Gabriel zuvor entfremdet fühlte; in der Erzählung ist der Westen aber paradoxerweise auch mit Vergangenheit und Tod verknüpft. Er ist wie Tante Julia Morkan, die, wenn auch unwissend, alt, grauhäutig und abgestumpft, bei ihrem Lied auf der Gesellschaft »die Aufregung schnellen und sicheren Fluges« fühlt.

Der Ton des Satzes: »Die Zeit war für ihn gekommen, seine Reise gen Westen anzutreten«, klingt etwas resigniert. Er legt ein Zugeständnis, einen Verzicht nahe, und Gabriel gesteht auch vieles ein und leistet Verzicht – auf sein Gefühl der Wichtigkeit zivilisierten Denkens, auf kontinentalen Geschmack, auf all diese lauen, aber genauen Unterscheidungen, worauf er so stolz war. Die Seifenblase seiner Selbstbeherrschung ist geplatzt, er beherrscht sich nicht mehr selbst; und sich nicht mehr zu beherrschen ist in gewisser Weise der Tod. Es ist eine Selbstaufgabe, nicht unähnlich der Fureys, und durch Gabriels Kopf zieht die Bilderwelt des Kalvarienberges. Er stellt sich den Schnee auf dem Friedhof in Oughterard vor, wie er »in dichten Wehen auf den krummen Kreuzen und Grabsteinen, auf den Speeren des kleinen Tors, auf den welken Dornen« liegt. Er denkt an Michael Furey, der, wie Gretta sagte, für sie gestorben war, und beneidet ihn um sein Opfer für eine andere als die christliche Liebe. In einem gewissen Ausmaß stirbt auch Gabriel für sie, indem er aufgibt, was er an sich am meisten liebte, alles, was ihn von den schlichteren Menschen auf der Gesellschaft trennte. Er fühlt sich Gretta durch Mitgefühl, wenn nicht gar durch Liebe eng verbunden, jetzt, da sie beide Jugend, Schönheit und Leidenschaft hinter sich gelassen haben. Er fühlt sich auch ihrem toten Geliebten verbunden, auch einem Lamm, das auf ihrem Altar geopfert wurde, obwohl auch sie jetzt verbrannt wurde. Er fühlt keinen Groll, nur Mitleid. In seinem eigenen Selbstopfer ist er sich einer melancholischen Vereinigung zwischen Lebenden und Toten bewußt.

Gabriel, der seines eigenen Vaterlands überdrüssig war, wird unweigerlich zu einem schweigenden Tribut an dieses Land gedrängt, der viel bedeutsamer ist als seine auf der Gesellschaft gesprochenen Worte. Er hatte Illusionen über die Richtigkeit eines Lebensstils, wie er außerhalb Irlands gepflegt wurde, aber durch die Erfahrung mit seiner Frau akzeptiert er eine Art Bindung, ja sogar eine Bewunderung für einen Teil des Landes und einen Lebensstil, der höchst irisch ist. Irland erweist sich als stärker, als kräftiger als er. Auch am Ende des *Porträts* macht Stephan Dädalus, der sich so energisch dem Nationalismus widersetzte, eine ähnliche Konzession, wenn er seine Abreise aus Ir-

land als Versuch deutet, ein Bewußtsein seines Volkes zu schmieden.
Joyce hat die Ereignisse, die seine Novelle beschließen, die zweiten Flitterwochen Gabriels und Grettas, die ein so böses Ende nehmen, nicht erfunden. Seine Kompositionsmethode gleicht stark der T. S. Eliots: geistige Vertiefung eines zufälligen Stoffes durch die Einbildungskraft. Die Methode gefiel Joyce nicht besonders, weil sie ihm nicht schöpferisch genug war, aber es war die einzige Art, wie er arbeiten konnte. Den Schluß für »Die Toten« borgte er aus einem anderen Buch. In diesem Buch erhalten Braut und Bräutigam in ihrer Hochzeitsnacht die Nachricht, daß eine junge Frau, welcher der Gatte eben erst den Laufpaß gegeben, Selbstmord begangen hat. Die Nachricht trennt sie. Sie bittet ihn, sie nicht zu küssen, und beide werden von Gewissensbissen gequält. Der Hochzeitsakt bleibt unvollzogen, und die Frau schläft schließlich ein, während der Gatte ans Fenster tritt und »in die melancholisch graue Dämmerung« hinausblickt. Zum erstenmal erkennt er mit der Gewalt einer Offenbarung, daß sein Leben ein Fehlschlag ist und seine Frau der Leidenschaft des Mädchens ermangelt, das sich getötet hat. Er beschließt, da er ja keines belangvolleren Lebens mehr würdig ist, zu versuchen, wenigstens sie glücklich zu machen. Dies ist sicherlich die Ausgangssituation, die Joyce so geschickt umarbeitete. Die tote Geliebte, die zwischen die Liebenden tritt, des Gatten Gefühl des Versagens, die Annahme der Mittelmäßigkeit, der Entschluß, auf alle Fälle Mitgefühl zu bezeigen, all das kommt aus dem anderen Buch. Aber Joyce verwandelt es. Er läßt zum Beispiel Gretta ihren Mann küssen, doch ohne Leidenschaft, und er verfeinert die Situation, indem er sie nicht aus einem Selbstmord, sondern aus der Erinnerung an eine frühe Liebe erstehen läßt. Das Buch, an das Joyce sich anlehnte, wird heute kaum mehr gelesen: George Moores *Vain*

Fortune. Doch Joyce las[1] und lobte es in seinem frühen Essay *Der Tag des Pöbels* übermäßig als »gutes eigenständiges Werk«.

Moore erwähnt jedoch keinen Schnee. Niemand weiß, wie Joyce die Schlußerfahrung Gabriels mit dem Schnee in Verbindung brachte. Er hatte aber immer eine Vorliebe für Hintergründe dieser Art, wie auch die Verwendung des Kamins im »Efeutag« verdeutlicht oder die Straßenlampen in den »Zwei Kavaliere« und der Fluß in *Finnegans Wake.* Der Schnee scheint kaum der Tod zu sein, wie so viele behauptet haben, denn er fällt auf Lebende und Tote gleichermaßen, und daß Tod auf die Toten fallen solle, wäre ein Pleonasmus, dessen sich Joyce nicht schuldig gemacht hätte. Daß es »Schneefall in ganz Irland gibt«, ist natürlich in diesem Lande etwas ganz Ungewöhnliches. Die schöne Beschreibung: »Schnee fiel überall auf die dunkle Zentralebene, auf die baumlosen Hügel, fiel sacht auf den Bog of Allen, und, weiter gen Westen, fiel er sacht in die dunklen aufrührerischen Wellen des Shannon«, wurde von Joyce wohl aus einem berühmten Vergleich im zwölften Buch der Ilias übernommen, den Thoreau wie folgt übersetzt: »Die Schneeflocken fallen dick und rasch auf einen Wintertag. Die Winde haben sich gelegt, und der Schnee fällt ohn Unterlaß, bedeckt die Bergspitzen und die Hügel und die Ebenen, auf denen Lotusbäume wachsen, und die bebauten Felder, und sie fallen auf die Buchten und Küsten der schäumenden See, werden aber schweigend von den Wellen aufgelöst.« Doch Homer beschrieb einfach die Dicke der Pfeile im Kampf zwischen Griechen und Trojanern, und wenn auch Joyce seine topographischen Einzelheiten zu übernehmen scheint, braucht er das Bild hier hauptsächlich doch für ein ähnliches Gefühl des Drängens

1 Als er »Die Toten« schrieb, frischte er offenbar sein Gedächtnis an dieses Buch wieder auf, denn sein Exemplar von *Vain Fortune,* das sich jetzt in Yale befindet, trägt das Datum »März 1907«.

und stummen Drucks. Wo Homer von den Wellen spricht, die den Schnee schweigend auflösen, fügt Joyce die letzte Einzelheit der »aufrührerischen Wellen des Shannon« hinzu, welche die Furey-Eigenschaft (fury = Wildheit) des Westens andeutet. Der Schnee, der auf Gabriel, Gretta und Michael Furey fällt, auf die Fräulein Morkan, auf die toten Sänger und die lebenden, symbolisiert die Gegenseitigkeit, das Gefühl ihrer Wechselbeziehungen, ein Gefühl, daß keiner sein Alleinsein besitzt. Die Gäste auf der Gesellschaft ziehn die toten Sänger den lebenden vor, die Frau einen toten Geliebten einem lebenden.

Der Schnee steht aber nicht isoliert in dieser Novelle. Er ist Teil einer komplexen Bilderwelt, die neben dem Schnee auch Hitze und kühle Luft, Feuer und Regen umfaßt. Die Beziehungen dieser Elemente unter sich sind nicht einfach. Während der Gesellschaft scheinen die lebenden Menschen, ihre Festlichkeiten und die ganze menschliche Gesellschaft im Gegensatz zu stehen zur Kälte, die draußen herrscht, wie die Wärme von Gabriels Hand auf der kalten Fensterscheibe. Diese Wärme aber wird von Gabriel als stickig und einengend empfunden, und die Kälte draußen wird wiederholt mit Duftendem und Frischem in Beziehung gebracht. Die Kälte, die schneidende Schärfe, findet ihren Höhepunkt in dem Bild Michael Fureys in Regen und Dunkelheit der Galwayer Nacht.

Noch eine andere Wärme spielt in dieser Novelle eine Rolle. In Gabriels Erinnerung an seine eigene Liebe zu Gretta kommen ihm gewisse Ereignisse in der Geschichte seiner Liebe wie Sterne vor, die mit reinem und fernem Licht strahlen und ihm Augenblicke seiner Leidenschaft für sie ins Gedächtnis rufen, die das Feuer der Sterne atmeten. Die Ironie des Bildes liegt darin, daß diese harte und schöne Erfahrung, obwohl er sie bis zu dieser Stunde noch nicht kannte, unvollständig ist. Er gebraucht eine vielsagende Metapher: er erinnert sich an einen Augenblick des Glücks, als er mit Gretta in der Kälte stand und durch ein vergittertes Fenster auf einen Mann schaute, der in einem brausenden Ofen Flaschen blies. Plötzlich rief er dem Mann zu: »Ist das Feuer heiß, sir?« Diese Frage faßt seine naive Isoliertheit zusammen;[1] hätte der Mann am Ofen die Frage gehört, denkt Gabriel, würde er vielleicht grob geantwortet haben. Die Offenbarung dieser Nacht ist für Gabriel ähnlich grob. In dieser Nacht sieht er ein, daß Liebe ein Gefühl ist, das er nie ganz besaß.

Gabriel ist aber nicht all unserer Gefühle beraubt. Durch die ganze Geschichte hindurch verspürt man eine Zuneigung zu diesem Mann, der zwar nicht über die schärfsten und leidenschaftlichsten Wahrnehmungen verfügt, aber doch großzügig und rücksichtsvoll ist. Das Heftige und das Mäßige können sich begegnen; Heftigkeit bricht aus und erlöscht, das Gemäßigte kann es bewundern und bemitleiden und das Schicksal teilen, das beide Menschentypen zum Alter und zum Tode führt. Der fernste Punkt der Liebe, dessen Gabriel fähig ist, liegt in der Vergangenheit. Fureys Leidenschaft ist vergangen, wegen seines plötzlichen Todes. Gretta ist wohl am meisten zu bemitleiden, weil sie Fureys Leidenschaft kennt und aus demselben Holz geschnitzt ist; sie stirbt zwar nicht, schwindet aber auf Gabriels Weg lebendig dahin. In dieser Nacht ist auch sie ermüdet, nicht mehr schön, und ihre Kleider liegen zerdrückt neben ihr. Der Schnee scheint an diesem Verfall teilzuhaben; von der Gesellschaft, von innen her betrachtet, ist er etwas Erstrebenswertes, Unerreichbares, und Gabriel beneidet ihn, wie er Michael Furey beneidete, als er zum erstenmal von ihm hörte. Am Ende aber, als die

1 Ellmanns Deutung beruht auf einer Lesart (»rief er dem Mann zu«), die irrtümlicherweise »he« statt »she« enthielt und die erst in der kritisch edierten Ausgabe von Scholer (1967) berichtigt worden ist. Vgl. *Dubliner*, Frankfurt 1969, S. 218. (Anm. d. Her.)

Gäste der Gesellschaft zum Cab hinausgehen, liegt der Schnee in Streifen und Flecken, und dann wieder, vom Hotelzimmer aus betrachtet, gehört er allen Menschen an, ist er allgemein, gemeinsam. Unter seinem Baldachin werden alle Menschenwesen, ungeachtet des Grades ihrer Leidenschaftlichkeit, zu einer Einheit. Die Gegenseitigkeit liegt darin, daß alle Menschen fühlen und ihre Gefühle verlieren, daß alle aufeinander einwirken, alle Anspruch auf dieses Mitgefühl haben, das Gabriel nun auf Furey, Gretta, sich selbst und sogar auf Tante Julia ausdehnt. In ihrer lyrischen, melancholischen Annahme all dessen, was Leben und Tod bieten, ist diese Erzählung eine Achse in Joyces Werk. Auch hier findet sich die Grundsituation des wirklichen oder nur vermuteten Ehebruchs, der sich durch das ganze Werk hindurchzieht. Es findet sich hier die typisch Joycesche Kollation der besonderen Einzelheit, die zu rhythmischer Intensität gesteigert wird. Der tiefste Sinn der Novelle, die wechselseitige Abhängigkeit von Lebenden und Toten, ist etwas, was ihn von früher Jugend an immer wieder stark beschäftigt hat. Zuerst hatte er den Gedanken im Jahre 1902 in seinem Essay über Mangan ausgedrückt, als er bereits von der Vereinigung sprach, die sich in der großen Erinnerung des Todes mit dem Leben vollzieht.[1] Schon damals hatte er wie Gabriel einzusehen begonnen, daß wir alle wie Rom sind: unsere neuen Gebäude werden neben – und sogar zusammen mit – den alten Monumenten errichtet. In *Dubliner* baute er dann diesen Gedanken weiter aus. Die Wechselbeziehung zwischen Toten und Lebenden ist auch das Thema der ersten Novelle in *Dubliner* sowie der letzten. Sie ist auch Gegenstand von »Ein betrüblicher Fall«; aber eine noch engere Parallele zu den »Toten« ist die Erzählung

1 *Kleine Schriften,* Frankfurt 1974, S. 152f. Auch in: Kritische Schriften, Bibliothek Suhrkamp, Bd. 313, Frankfurt 1973.

»Efeutag im Sitzungszimmer«. Sie war in gewissem Sinne eine Antwort an seine Freunde auf der Universität, die sich über seine Bemerkung lustig machten, der Tod sei die schönste Form des Lebens, indem sie sie parodierten: Abwesenheit sei die höchste Form der Anwesenheit. Joyce hielt weder den einen noch den anderen Gedanken für widersinnig. Was den »Efeutag« mit den »Toten« verbindet, ist, daß der Ursprung der Handlung in beiden Novellen von einer Person ausgeht, die nie in Erscheinung tritt, die tot ist, abwesend. Joyce schrieb an Stanislaus, Anatole France habe ihm die Idee für beide Erzählungen gegeben. Es mag noch weitere Quellen in Frances Werk geben, eine aber ist sicher »Der Statthalter von Judäa«. Darin erinnert sich Pontius Pilatus mit einem Freund an die Tage, da er Statthalter von Judäa war, und beschreibt die Ereignisse jener Zeit mit römischer Vernunft, Ruhe und Eleganz. Weder sein Freund noch er erwähnen auch nur ein einziges Mal die Person, wie wir sie zu diskutieren erwarten, den Stifter des Christentums nämlich, bis schließlich am Ende der Freund die Frage stellt, ob Pontius Pilatus sich zufällig an Jesus von Nazareth erinnere, und der erfahrene Verwalter antwortet: »Jesus? Jesus von Nazareth? Ich kann mich nicht an ihn erinnern.« Die Erzählung wird überschattet von der Person, an die sich Pilatus nicht mehr erinnern kann; ohne sie würde die Geschichte gar nicht existieren. Joyce wendet eine ähnliche Methode mit Parnell im »Efeutag« und mit Michael Furey in den »Toten« an.

Im *Ulysses* bewegt sich die entscheidende *Circe*-Episode in derselben Nebeneinanderstellung von Lebenden und Toten einem düsteren Ende zu: Stephan stellt sich der Geist seiner Mutter, Bloom der Geist seines Sohnes entgegen. Aber Joyces größter Triumph in der Bezeugung der Vertrautheit zwischen Lebenden und Toten sollte der Schluß von *Finnegans Wake* sein. Hier fließt Anna Livia Plurabelle, der Lebensfluß, dem Meere zu, das der Tod ist: das süße Wasser vermengt sich mit dem salzigen, ein bitteres Ende. Und doch stellt er auch eine Rückkehr zu ihrem Vater, dem Meer, dar, das eine Wolke erzeugt, die den Fluß werden läßt, und ihr Vater ist zugleich ihr Gatte, dem sie sich als Braut dem Bräutigam hingibt. Anna Livia geht zu ihrem Vater zurück, wie Gabriel nach Westen reist, im Gefühl, zu den Wurzeln seines Vaterlandes zurückzukehren. Wie er ist auch sie traurig und müde. Ihm erscheinen die Shannonwogen dunkel und aufrührerisch, für sie ist das Meer kalt und verrückt. In *Finnegans Wake* vereinigt sich Anna Livia nicht nur mit der Liebe, sondern auch mit dem Tode; wie Gabriel scheint sie dahinzuschwinden. Daß Joyce diese Novelle im Alter von fünfundzwanzig oder sechsundzwanzig Jahren geschrieben hat, sollte nicht seltsam anmuten. Junge Schriftsteller erreichen ihre größte Beredsamkeit, wenn sie sich mit den Schrecken des mittleren Alters und was diesem nachfolgt, auseinandersetzen. Aber über diese natürliche Neigung hinaus, die er auch mit anderen teilte, hatte Joyce einen besonderen Grund, 1906 und 1907 »Die Toten« zu schreiben. In seinem eigenen Denken hatte er seine Flucht aus Irland gründlich gerechtfertigt, hatte aber die Frage noch nicht entschieden, *wohin* er fliehen solle. In Triest und Rom hatte er wieder gelernt, was er in Dublin verlernt hatte: ein Dubliner zu sein. Wie er seinem Bruder mit einigem Erstaunen aus Rom geschrieben hatte, fühlte er sich gedemütigt, wenn jemand sein »verarmtes Vaterland« angriff. »Die Toten« ist sein erster Gesang aus der Verbannung.

Aus *Richard Ellmann, James Joyce, Zürich 1959* (mit den Übersetzungszitaten nach der *Frankfurter Ausgabe*).

Eberhard Spaeth
Die Toten

Ein Toter, der längst verstorbene Michael Furey, greift plötzlich in das Leben von Gabriel und Gretta Conroy ein und verändert die Beziehung der Eheleute zueinander, insbesondere aber Gabriels Einstellung zu seiner Frau und zu sich selbst. Michael war siebzehn Jahre alt und bereits ernsthaft erkrankt gewesen, als er sich in der Nacht vor Grettas Abreise nach Dublin bei heftigem Regen zu ihr begab, um sie noch einmal zu sehen. Er stirbt eine Woche später. Zwar läßt Grettas Bericht einige Zweifel darüber aufkommen, ob sein Tod erst durch dieses Abschiedstreffen herbeigeführt wurde, doch wird ihre Aussage, daß ihr Liebhaber *für sie* gestorben sei, wohl durch die vorbehaltlose Bereitschaft des jungen Furey zur Selbsthingabe gerechtfertigt. Eine alte irische Ballade, bei einer Neujahrsparty gesungen, erinnert sie plötzlich und unwiderstehlich an jenes Jahre zurückliegende Ereignis. Die Party wird alljährlich von Gabriels Tanten Kate und Julia sowie von deren Nichte Mary Jane veranstaltet. Die drei musikalisch tätigen Damen laden dazu jeweils ihre Schüler und Bekannten ein und verleihen so ihrem kleinbürgerlichen Dasein ein wenig gesellschaftlichen Glanz.

Diese Erzählung entstand 1907 als letzte des Buches und war im ursprünglichen Plan der *Dubliner* nicht vorgesehen. Die Forschung hat deutlich machen können, daß sie in erheblichem Umfang autobiographische Elemente enthält[1]. Wir wissen, daß auch Joyces Frau Nora, als sie noch in Galway lebte, von einem jungen Mann geliebt wurde, der unter ähnlichen Umständen wie Michael Furey starb und in Oughterard begraben wurde. Das Lied »Die Dirn von Aughrim«, das Grettas Erinnerungen in »Die Toten« auslöst, wurde auch von Nora viel gesungen; Joyce, der es sich später im Westen Irlands von Noras Mutter vorsingen ließ[2], fühlte wohl durch dieses Lied (»Dein Lied«) die zwischen seiner Frau und ihm bestehenden Beziehungen angesprochen:

Vor einer Stunde habe ich Dein Lied The Lass of Aughrim *gesungen. Die Tränen kommen mir und meine Stimme zittert vor Erregung, wenn ich diese schöne Weise singe. Es hat die Reise nach Irland gelohnt, nur um das von Deiner armen freundlichen Mutter zu hören – die ich* sehr *gern habe Nora, Liebe.*[3]

Die Ballade handelt von einem irischen Bauernmädchen, das von einem Lord verführt und dann verlassen wurde, und in einer Regennacht mit dem Kind im Arm ihren Verführer um Zuflucht bittet. Joyce mag eine Parallele zu der eigenen Ehe darin gesehen haben, daß er als dominierender, nach Bildung und gesellschaftlicher Herkunft überlegener Partner seiner vom Land stammenden Frau gegenüberstand. Eine ausdrückliche Beziehung zwischen der Heldin der »Toten« und seiner Frau stellt er in einem wenige Tage früher geschriebenen Brief her. Dieses Schreiben fällt in eine Periode der Versöhnung nach einer durch Joyces leicht entflammte Eifersucht bedingten Entfremdung:

Schmücke Deinen Körper für mich, Liebste. Sei schön und glücklich und liebevoll und aufreizend, voller Erinnerungen, voller Glut, wenn wir uns wiedersehen. Erinnerst Du Dich an die drei Adjektive, die ich in The Dead (Die Toten) *verwendet habe, als ich von Deinem Körper spreche? Es sind diese: ›musical and strange and perfumed‹ (›wie Musik und sonderbar und duftend‹).*

Die Eifersucht schwelt noch in meinem Herzen. Deine Liebe zu mir muß stürmisch und gewalttätig sein, um mich völlig *vergessen zu machen.*[4]

Selbst für in dieser Erzählung vorkommende Nebenfiguren und Namen haben Joyces Biographen in vielen Fällen Vorbilder aus dem Verwandten- und Bekanntenkreis des

Autors nachweisen können. Joyces Interpreten werden derartigen Feststellungen nicht ihr primäres Interesse zuwenden können. Sie interessiert nicht in erster Linie der Autor, sondern der Text, wobei sie freilich dem Autor insofern Beachtung schenken müssen, als sein Leben, seine Beziehung zum Text Hinweise auf seinen Aussagewillen bieten. Es sei daher noch ein weiterer Brief erwähnt, der, am 25. 9. 1906 von Joyce an seinen Bruder Stanislaus geschrieben, einige der Gedanken enthält, die den Verfasser der »Toten« beschäftigt haben mußten, als die ersten Pläne zu dieser Erzählung entstanden.[5] Joyce beginnt diesen langen Brief mit dem üblichen Bericht über seine Geldsorgen; er erzählt dann von einem Besuch des Forums in Rom. Die Stadt erinnere ihn an jemanden, der die Leiche seiner Großmutter für Geld zur Schau stelle. Er spricht vom Reichtum der Klöster, der die katholische Kirche zum Gegner des Sozialismus mache. Er erwägt, ein Buch von Bret Harte zu kaufen – sehr wahrscheinlich *Gabriel Conroy,* wie der Protagonist der »Toten« später heißen wird. Joyce spricht dann davon, daß er in den *Dubliner* unnötig streng mit seiner Heimatstadt verfahren sei. Ihre Attraktivität, Gastfreundlichkeit und Schönheit seien nicht genügend gewürdigt worden. Er wünscht, es möge einen Irischen Club in Rom geben, und er fühlt sich gedemütigt, wenn sich Leute über die Armut seiner Heimat lustig machen. Gleichzeitig kritisiert er jene Kreise der nationalen Bewegung, die die irische Sache zu einer Rassenfrage statt zu einer sozialen Frage machten.
Faßt man zusammen, so ergeben sich folgende Aspekte: die antikatholische Einstellung, Interesse für die Probleme des Proletariats, eine gewisse Gereiztheit gegenüber dem Gastland Italien und vor allem eine spürbare emotionale Hinwendung zur Heimat. Diese Veränderung der dem eigenen Land entgegengebrachten Gefühle findet einen deutlichen Niederschlag in »Die Toten«. Indem es die Ei-

genschaften Irlands mit etwas wärmeren Worten schildert, modifiziert dieses nachträglich in die *Dubliner* eingefügte Werk das Gesamtbild, das Joyce in diesem Band von seiner Heimatstadt zeichnet. Man darf das jedoch nicht so verstehen, als wolle der Autor nun am Schluß der Sammlung die starken kritischen, vornehmlich gesellschaftskritischen Akzente der vorausgehenden Erzählungen versöhnlich aufheben. Joyce hat von seiner Kritik nichts zurückzunehmen, doch wird in den »Toten« die starke emotionale Bindung deutlich, die den emigrierten Iren an seine Heimat kettete.

Charakteristische Züge jenes Verhältnisses werden schon zu Beginn der Erzählung bei der Schilderung jenes Segments der Dubliner Gesellschaft sichtbar, die sich bei den Damen Morkan zum alljährlichen Neujahrstanz einfindet. »Es war immer ein großer Anlaß« und »Soweit man nur zurückdenken konnte, hatte er Jahr um Jahr in großem Stil stattgefunden«[6]. Man weiß zunächst nicht so recht, ob der Erzähler hier die subjektive Sicht der Beteiligten kommentarlos wiedergibt, oder ob ein auktorialer Erzähler die kleinbürgerliche Herrlichkeit mit verhüllter Ironie betrachtet. Die beiden Perspektiven schließen einander jedoch keineswegs aus. Während vordergründig der *point of view* der Teilnehmer, ihre Begeisterung für einen gesellschaftlichen Höhepunkt ihres Lebens dargestellt wird, ist gleichzeitig vom Autor ironische Distanz impliziert, was der Leser schon deshalb annehmen darf, weil solch ungebrochene Begeisterung im Kontext, in dem diese Erzählung steht, von vornherein suspekt erscheint. Damit wird bereits von der Erzähltechnik her die Berechtigung der alten Jungfern und der mehr oder weniger erfolglosen Männer anerkannt, sich der Illusion hinzugeben, man nähme an einem gesellschaftlichen und künstlerischen Ereignis von Rang teil, ebenso aber auch das Recht eines kritischen Beobachters, Selbsttäuschungen bloßzulegen.

Nur scheinbar ist das Bild, das diese Gesellschaft bietet, von unveränderlicher Stabilität geprägt. Über dreißig Jahre leben die drei Damen schon in dem »dunklen, hageren« Haus zusammen, und niemand kann sich daran erinnern, daß der Neujahrstanz einmal nicht stattgefunden hätte. Gerade das Fest der Jahreswende – gleichermaßen vergangenheits- wie zukunftsorientiert – erinnert daran, daß menschliches Leben entscheidend durch seine Zeitlichkeit geprägt wird: Nur durch die Zeit, mit der Zeit kann Dauer, kann Konstanz entstehen; je länger aber die Zeit der Dauer, desto näher rückt der Zeitpunkt der Veränderung, des Vergehens. Julia ist trotz ihres hohen Alters noch die führende Sopranistin im Kirchenchor, ihre schon etwas schwächliche Schwester Kate erteilt Klavierunterricht für Anfänger. Die Nichte Mary Jane, auch bereits über vierzig, gibt »jedes Jahr« ein Schülerkonzert. Die Frage nach dem Augenblick, der die brüchige Kontinuität zerreißen wird, braucht nicht erst ausgesprochen zu werden; sie drängt sich auf. Somit wird auf ein Hauptthema der Erzählung, das Ineinandergreifen von Vergangenheit, Gegenwart und Zukunft hingewiesen, ohne daß der Autor das von ihm Geschilderte explizit zu kommentieren hätte. Sehr bescheiden müssen die wirtschaftlichen Verhältnisse der drei Frauen sein, zu deren Unterhalt Mary Jane mit ihrer Tätigkeit als Organistin und privaten Musikstunden den größten Beitrag leistet. Immerhin reicht es zu gutem Essen und einem Dienstmädchen. Die Morkans gehören mithin zum unteren Rand der breiten bürgerlichen Klasse und können versuchen, durch ›Kultur‹ wettzumachen, was ihnen an wirtschaftlichen Statussymbolen fehlt. Mary Jane schafft sogar gewisse Verbindungen zu höheren Schichten: »Viele« ihrer Schüler entstammen »besseren« Familien aus den südlichen Vororten. Nach unten grenzt man sich ab: Lily wird gut behandelt, doch dulden ihre Herrinnen keine Widerrede.

Die offenbar recht umfangreiche Gästeliste spiegelt diese gesellschaftliche Situation: Familienmitglieder, Bekannte, der Kirchenchor und Schüler Kates und Mary Janes sind auf ihr enthalten. Nur wenige werden näher charakterisiert und greifen handelnd ein. Zunächst ist von Freddy Malins die Rede, dessen Anwesenheit man besorgt entgegensieht, weil er meist unter Alkoholeinfluß steht, der aber gleichwohl mit seiner Mutter eingeladen wird. Ebensowenig verzichten kann man anscheinend auf einen anderen Whisky-Kenner, Mr Browne, der durch simple Witzeleien einige Aufmerksamkeit auf sich zu ziehen versteht, allerdings die eisige Zurückhaltung dreier junger Damen zu spüren bekommt, als er durch das Erzählen eines Witzes im Dubliner Akzent ein gesellschaftliches Tabu verletzt. Die Verwendung einer als vulgär geltenden Sprachform verstößt gegen eine der Grundregeln solcher Feste, nämlich die, daß kurzfristig eine höhere soziale Position, als man in Wirklichkeit innehat, gespielt wird. Die meisten anderen Personen treten kaum in Erscheinung: sie werden zu den Tänzen eingeteilt, am Tisch plaziert, verabschiedet. Sie erfüllen ihre Rolle in diesem Gesellschaftsspiel in angemessener Weise, zu ihrer eigenen Zufriedenheit sowohl als auch zu der ihrer Gastgeberinnen.

Ihre bevorzugten Gäste, ihren Neffen Gabriel nebst Gattin, erwarten die Morkans ungeduldig. Gabriel hat studiert, arbeitet als Sprachlehrer und betätigt sich schriftstellerisch; darüber hinaus verfügt er anscheinend über etwas größere Geldmittel, wie aus der Tatsache, daß er in einem der vornehmsten Hotels Dublins Quartier bezogen hat, zu schließen ist. Da seine Mutter, die ältere und von diesen bewunderte Schwester Julias und Kates, mit einem Beamten der Hafenverwaltung verheiratet gewesen war, ist ihm auch von seiner Abkunft her eine Position innerhalb des respektierteren Bereichs des Bürgertums sicher.

Der Autor sorgt allerdings dafür, daß die Respektabilität,

die der Sohn von »T. J. Conroy von der Hafenbehörde« (S. 14) für sich in Anspruch nehmen kann, nicht ohne Einschränkung bleibt. Er benennt den Protagonisten nach dem Erzengel Gabriel (hebr. »Starker Gottes«), der in der Bibel als Überbringer wichtiger göttlicher Botschaften auftritt. Gabriel Conroy wird eher durch eine gewisse Schwäche gekennzeichnet, und die von ihm überbrachte Botschaft – seine Tischrede – ist bei aller Eloquenz nicht gerade von göttlicher Weisheit inspiriert. Erinnert man sich daran, daß die Auswertung biographischen Materials bereits enge Beziehungen zwischen dem Dichter und dem Helden dieser Erzählung vermuten ließ, und bedenkt man ferner, daß Gabriel in Aussehen und beruflicher Tätigkeit Joyce sehr nahe kommt, so ist der Schluß erlaubt, daß der Autor in Gabriel, wenn nicht sich selbst als Person, so doch sich selbst als Typ, als Dubliner Schriftsteller und Intellektuellen zeichnet. Die ironische Namensgebung erweist sich dann als Zurückweisung von Ansprüchen der Dichter auf quasi übermenschliche Autorität.
Seine ersten Worte, ein scherzhafter Tadel wegen der langen Zeit, die seine Frau zum Ankleiden benötigte, zeigen Gabriel in einer Haltung typisch männlichen Unverständnisses gegenüber einer typisch weiblichen Eigenheit. Liegt dies noch auf der Ebene normaler Spannungen zwischen Eheleuten, so wird an seinem Verhalten gegenüber Lily, die nicht nur dem anderen Geschlecht, sondern auch einer niedrigeren Gesellschaftsschicht angehört, seine Unfähigkeit zu zwischenmenschlicher Kommunikation deutlich. Er ist amüsiert über ihren Dubliner Akzent, der sie seinen Namen dreisilbig, also Con-e-roy, aussprechen läßt, er äußert in einem Satz die Vermutung, daß sie noch zur Schule gehe, um schon im nächsten Satz nach ihren Heiratsplänen zu fragen. Er ist während dieses Gesprächs innerlich distanziert, so daß seine freundlichen Bemerkungen ihr Ziel verfehlen müssen. Lilys bittere Antwort, »Die

Männer von heute haben nur Palavern im Kopf« (S. 12), trifft ihn, als hätte sie ihm gegolten. Das Geldgeschenk, das er dem Mädchen geradezu aufdrängt, wirkt wie ein Versuch, sich von einem unbestimmten Gefühl der Schuld loszukaufen. Indirekt kritisiert Joyce durch Gabriels Betroffenheit ein Schriftstellertum, das sich in selbstgefälliger Beredsamkeit erschöpft und nicht von aufrichtigem Streben nach Mitmenschlichkeit erfüllt ist.

Der letzte Teil dieser Szene zeigt Gabriel in dem Bemühen, seine aus diesem Gefühl der Schuld oder der Isolation resultierende Unsicherheit zu überwinden. Wie bei seinem Eintreten beschäftigt er sich zunächst intensiv mit seiner Kleidung, um dann seine geplante Tischrede nochmals zu überdenken, die er nun durch Austausch eines Zitats etwas volkstümlicher gestalten will. Sein sensibles ästhetisches Empfinden stört sich an den ungeschickten Tanzbewegungen der Männer und bringt ihm zum Bewußtsein, daß sein überlegener Bildungsstand ihm den Zugang zu den Gästen ebenso versperren könnte wie zu Lily. Noch ist er jedoch der Meinung, die Kluft zwischen ihm und seiner Umwelt könne mit formalen Mitteln überbrückt werden. »Er hatte nicht den richtigen Ton gefunden« (S. 13). Eine rhetorische Korrektur an seiner Rede – die Analogie zu dem ständigen Herumzupfen an seiner Kleidung ist auffallend – soll ausgleichen, was durch falsche Einstellung bedingt ist.

Gleichwohl sucht Gabriel Kontakt zu seiner Umwelt. Es ist nicht in erster Linie Herablassung, die ihn mit Lily ein Gespräch beginnen läßt, ebenso wie seine Besorgnis um die Gesundheit Grettas und der Kinder echter Fürsorglichkeit entspringt. Allerdings offenbart sich selbst hier sein Mangel an Verständnis, wenn er etwa seine Frau veranlaßt, in Galoschen, die er in dem von ihm bewunderten Kontinentaleuropa kennenlernte, zu einem Neujahrsball zu gehen.

Der Beginn des zweiten Teils der Erzählung (S. 14ff.) läßt einige Einblicke in die Ursachen zu, aus denen Gabriels Verhalten zu erklären ist. Es wird von Mary Janes Klaviervortrag berichtet, der den kulturellen Teil des Abends einleitet. Gabriel, der sich auf das unmelodische, technisch schwierige Vortragsstück nicht konzentrieren kann, verfällt in Assoziationen, die von dem starken Einfluß seiner Mutter auf ihn, also von der unauslöschlichen Wirkung einer Toten auf einen noch Lebenden, Zeugnis ablegen.
Es sind zwei an der Wand hängende Handarbeiten Tante Julias, die Balkonszene aus *Romeo und Julia* und das Bild der ermordeten Prinzen aus *Richard III.* darstellend, die seine Aufmerksamkeit stärker auf sich ziehen als das Klavierstück. Dabei wird in für Joyce charakteristischer Weise die Assoziationsfähigkeit des Lesers in Anspruch genommen. Die Sprache scheint nur vage die Richtung oder Richtungen anzudeuten, in die sich die Gedanken des Lesers bewegen sollen. Nicht selten entsteht der Eindruck, es sei unmöglich, mit hinlänglicher Sicherheit derartige Passagen zu interpretieren, so daß man zu der Schlußfolgerung versucht ist, Joyce gebe dem Interpreten bewußt die Freiheit, die eigene Fantasie durch den Text zu freier Aktivität, die sich der kurzen Leine des vom Autor intendierten Sinns entledigt, anregen zu lassen. Eine solche Auffassung läuft freilich Gefahr, den Text zu einem bloßen Stimulans für die Vorstellungskraft des Lesers zu entwerten. Gewiß, man kann die von Joyce verwendeten Bilder, Symbole oder wie auch immer man solche assoziationskräftige Textelemente bezeichnen mag, nicht linear »übersetzen« oder logisch auflösen, als handle es sich um rational durchdachte Verschlüsselungen. Es läßt sich jedoch feststellen, daß sie einen erstaunlich präzisen Sinn enthalten, der dem Interpreten vor allem deshalb Schwierigkeiten bereitet, weil er sich nur mühsam als der richtige

erweisen läßt und weil er sich der Wiedergabe in logisch-wissenschaftlicher Sprache entzieht. Während also die Interpretation den in den genannten Textelementen enthaltenen komplexen Sinn nur unter Verlusten in ihre Sprache transponieren kann, erscheint es dennoch bedenklich, sie auf der Grundlage eines Postulats von Freiräumen durchzuführen, in denen sich die Willkür des Interpreten austoben darf. Es soll nachfolgend versucht werden, diese Überlegungen am Beispiel der bereits angeführten Stelle (S. 15) zu veranschaulichen.

Daß Shakespeare hier dazu hat herhalten müssen, Motive für die als Wandschmuck verwendeten Handarbeiten eines Schulmädchens – der jetzigen Tante Julia – abzugeben, charakterisiert nochmals das Verhältnis dieser Dubliner Kleinbürger zur Kultur. Während Mary Jane ihr technisch brilliantes, aber substanzloses Paradestück auf dem Piano zelebriert und damit *eine* Möglichkeit mißgeleiteter Kunstsinnigkeit demonstriert, zeigen diese Wollarbeiten eine andere, den – in diesem Fall von der Schule angeregten – Versuch nämlich, sich Kunst durch inhaltliche Ausschlachtung zum Besitz machen, ohne sie in ihrem Wesen zu erfassen.[7]

Welche Verbindung besteht nun zwischen dem, was diese Stickereien darstellen, und Gabriels verstorbener Mutter? Das eine der beiden Bilder zeigt zwei junge Liebende, deren Liebe und Leben an der Feindschaft ihrer Familien zugrunde gehen, das andere zwei Kinder, die unschuldige Opfer tyrannischen Machtstrebens werden. Eine Interpretation, die hier klare Analogien suchen und in jedem Aspekt der beiden Motive Züge des Verhältnisses zwischen Gabriel und seiner Mutter sehen wollte, müßte zwangsläufig auf Irrwege geraten. Dennoch lassen sich einige begründbare und durch weitere Textstellen zu erhärtende Vermutungen über dieses Verhältnis anstellen. Durch die Stickereien werden in Gabriel Reminiszenzen

an das Gefühl wach, der dominierenden Mutter in kindlicher Hilflosigkeit ausgeliefert zu sein – ein Gefühl, das ihn offenbar auch dann noch verwundbar machte, als sie seiner Ehe mit Gretta Widerstand entgegensetzte.
Die weiteren Aussagen, die über Gabriels Mutter gemacht werden, ermöglichen eine recht plastische Vorstellung der Rolle, die sie in der Familie spielte. Sie wird als »ernst und gesetzt« (S. 22) bezeichnet, sie wird von ihren jüngeren Schwestern bewundert, ist intelligenter als diese, aber ohne deren Kunstsinn. Man kann vermuten, daß sie in ihrer Ehe der überlegene Partner war, zumindest entschied sie über Erziehung und Ausbildung der Kinder. Ein Foto zeigt sie in lehrhaft-dominierender Haltung mit ihrem Sohn Constantine, den sie in einen Soldatenanzug gekleidet hat. Den einen ihrer Söhne, den sie Priester werden ließ, nennt sie nach dem Kaiser, der das Christentum im Römischen Reich zur staatlichen Institution machte, den anderen nach Gottes mächtigem Sendboten, dem Erzengel Gabriel. Die Tatsache, daß *sie* die Namen der Kinder wählte, macht deutlich, daß ihr auf Machtstreben in einem christlich-bürgerlichen Kontext gerichtetes Wesen sich innerhalb der Familie auszuleben wußte. Der Erzähler berichtet dies von ihrem Gesichtspunkt aus: »sie hatte sehr auf die Würde des Familienlebens gehalten« (S. 22). Es überrascht nicht, daß Gabriels Ehe mit einem einfachen, wenn auch hilfsbereiten Landmädchen den Plänen dieser zielbewußten Stadtbürgerin zuwiderliefen. Ihr Vorwurf, Gretta sei »eine Plietsche vom Land« [engl. »country cute« = bauernschlau] (S. 22) trifft ihn noch immer. Als Miss Ivors ihn auf die Herkunft Grettas anspricht, ist er nur bereit, fast verschämt, zuzugeben, daß *ihre Familie* aus dem Westen stamme (S. 24).
Nicht zufällig gehen Gabriels Assoziationen in ein mit Molly Ivors geführtes Gespräch über, das seine Haltung zu politischen Fragen im allgemeinen, besonders aber zur

irischen Politik beleuchtet. Seine Mutter, die arrivierte, materialistische Dublinerin und die natürliche, naive und idealistische Westirin Gretta repräsentieren zwei typische Formen des Irentums, dem sich Gabriel zu entziehen versucht, dem er aber gleichwohl durch ein Netz von Bindungen und Aversionen verbunden ist. Wie bei Lilys bitterem Angriff auf die Männer errötet er, als Miss Ivors ihn auf seine Rezensententätigkeit für den gemäßigt pro-englischen *Daily Express* anspricht. Auch hier wird ein latentes Gefühl der Schuld in ihm wach, so daß ihm keine überzeugende Replik gelingen will. Er weiß, daß seine gewohnte Defensive, das große Wort (»daß die Literatur über der Politik stünde«, S. 24) bei Miss Ivors nicht verfangen würde. So antwortet er, Bücher zu rezensieren habe nichts mit Politik zu tun, was seine Haltung recht gut charakterisiert.

Er betrachtet den Bereich des Intellekts und des Ästhetischen als ein Privatissimum, in dem er sich vor den Ansprüchen emotionaler Bindungen geschützt glaubt. Wie im persönlichen, möchte er sich auch im öffentlichen Leben nicht von der einen oder anderen Partei in Anspruch nehmen lassen, schon gar nicht von der Sache Irlands. »Ich habe mein eigenes Land satt, satt hab ich's!« (S. 25) sagt er wütend, ohne diese Einstellung begründen zu können. Die Heftigkeit dieses Ausbruchs verrät, daß keineswegs ein Desinteresse Gabriels an seiner Heimat vorliegt. Es ist kein Mangel, daß die Erzählung selbst keine hinreichend deutlichen Aussagen über die Ursachen dieser leidenschaftlichen Aversion, die alle Anzeichen einer Haßliebe aufweist, enthält. Aus den anderen Erzählungen der *Dubliner* geht deutlich genug hervor, was Gabriels Versuch veranlaßt haben könnte, sich aus emotionalen Bindungen an sein Land zu befreien. Überdies sollte, wie die Auswertung des biographischen Materials ergab, in »Die Toten« die kritische Analyse der Dubliner Verhältnisse gegenüber

der Hereinnahme positiverer Aspekte zurücktreten.
Molly Ivors ist nach Lily die zweite Frau in dieser Erzählung, die Gabriels Pose innerer Sicherheit erschüttert. Die Begegnung mit den beiden Frauen macht Aspekte des Problemkomplexes deutlich, der seine Verbindung mit Gretta belastet. Gabriel versteht Miss Ivors, »das Mädchen oder die Frau oder was immer sie war« (S. 26), ebensowenig wie er vorher Lily verstand. Ihrer spontanen und freimütigen Kritik, die sie von einem festen, nationalistisch-idealistischen Standpunkt aus übt, vermag er keine ähnlich feste Überzeugung entgegenzusetzen. Seine Unsicherheit erreicht einen neuen Höhepunkt, als er an Mollys Anwesenheit bei der Tischrede denkt. Er erwägt, sie mit einem – angesichts seiner eigenen Bildung völlig unsinnigen – Angriff auf die »übergebildete« junge Generation zu treffen. »Was kümmerte es ihn, daß seine Tanten nur zwei ungebildete alte Frauen waren?« (S. 28). Für einen Augenblick hat Gabriel die moralische Balance zwischen seinen Problemen, die ihn von der Umwelt absondern und ihn die eigene Position etwas selbstgefällig verteidigen lassen, und seinem Bemühen um mitmenschliches Verhalten verloren.
Der Gesang Julias, der ihn im Gegensatz zu Mary Janes Kaviervortrag tief beeindruckt, hilft ihm, diesen Tiefpunkt zu überwinden. Musikalität verbindet ihn mit seinen beiden Tanten und auch mit Gretta, bei der ja ein Lied die verschüttete Erinnerung zutage brechen läßt. Der Einfluß seiner ausdrücklich als unmusikalisch bezeichneten Mutter schwindet nun. Mehrfach wird Gretta von ihm mit Musik assoziiert: als er sie im Halbdunkel des Treppenhauses sieht, erinnert sie ihn an »Distant Music«, ihren Körper bezeichnet er als »musical and strange and perfumed«. Damit wird deutlich, daß Musik und Musikalität in dieser Erzählung höchste Bedeutung erhalten. Die angeführten Beispiele lassen bereits den Grund

dafür erkennen: durch den direkten Appell an die innersten Schichten der Seele überwindet Musik die durch den Zwang gesellschaftlicher Konventionen entstandenen Barrieren. Diese verbindende Wirkung zeigt sich auch darin, daß durch die Musik immer wieder eine Brücke zwischen Tod und Leben, zwischen Vergangenheit und Gegenwart geschlagen wird. Sie gewinnt damit – ähnlich wie der Schnee – Symbolcharakter, durch den sie zur zentralen Aussage der Erzählung beiträgt.

Am deutlichsten wird dies ohne Zweifel bei D'Arcys Gesang, der in Gretta die Erinnerung an ihren toten Liebhaber hervorruft, doch ist auch das Tischgespräch, soweit es Fragen der Musik betrifft, nie ohne die Assoziationen von Vergangenheit und Tod. Mary Jane berichtet von einem Besuch der Oper *Mignon*, die sie an eine Verstorbene erinnert habe. Den Leser erinnert die Hauptgestalt dieser Oper, Sinnbild einer schicksalhaften Sehnsucht, die nur im Tode Erfüllung finden kann, an Michael Furey. Mr Browne schwelgt im Gedenken an frühere große Zeiten der Dubliner Oper, Tante Kate spricht mit Begeisterung von einem Tenor vergangener Tage. Große Musik ist für diese Dubliner zu einer Sache in zeitlicher oder räumlicher Ferne geworden.

Die emphatisch aufgenommene Arie Tante Julias deutet auf einen anderen Aspekt der starken emotionalen Wirkung der Musik hin, nämlich auf ihren eskapistischen Effekt. In hohem Alter singt sie, was seit Jahren zu ihrem Repertoire gehört: ein Brautlied. Gabriel läßt sich von dieser Musik fesseln, kann dies jedoch nur aus quasi-ästhetischer Distanz tun, d. h. indem er von der realen Situation der Sängerin absieht: »Der Stimme zu folgen, ohne der Sängerin ins Gesicht zu sehen, war, als empfände und teile man die Erregung raschen und sicheren Flugs« (S. 29). Wie er sich später eingesteht (S. 63), sieht er jedoch in diesem Moment die Schatten des Todes auf ihrem Gesicht.

Gerade dadurch, daß die Musik eine zweite Ebene der Erfahrung schafft, die im Widerspruch zur Realität steht, wird diese besser erkennbar. Die unbeholfen-freundlichen Versuche von Malins und Browne, Julias Stimme unveränderte Schönheit zu attestieren, verraten, daß sie die als peinlich empfundene Erkenntnis der Realität zu überspielen trachten.
Auch die Erwähnung der Kirche, die in dieser Erzählung eine weit geringere Rolle spielt als in anderen des Bandes, erfolgt mit Beziehung auf das Thema »Tod«. Joyce läßt in der Unterhaltung über das Trappistenkloster Mount Melleray zwei wichtige Züge des irischen Wesens deutlich werden: einerseits die Hilfsbereitschaft, insbesondere die von Joyce geschätzte irische Gastfreundschaft, andererseits den Zug zu steriler Gebotserfüllung und zu einer gewissen Morbidität, die sich darin zeigt, daß die Mönche in ihren Särgen schlafen – eine Vorschrift, deren Sinn der Protestant Browne anzweifelt und die ihm niemand recht einleuchtend erklären kann.
In seiner Rede kommt Gabriel früh und durchaus dem Anlaß gemäß auf die Gastlichkeit seines Heimatlandes zu sprechen. Er erweist sich als bemerkenswert gewandter Redner und erntet bei seinen Zuhörern vollen Erfolg. Die Gastfreundschaft stellt er als Element irischer Tradition den zurückhaltend, aber unverkennbar kritisierten Eigenschaften der neuen Generation gegenüber. Offenbar hat er dabei Leute wie Miss Ivors im Sinn, denn seine Kritik ist inhaltlich der Replik gleich, mit der er ihren Angriff auf sein geringes Nationalbewußtsein erwidern wollte (S. 28). Er beruft sich nun auf die von ihm vorher vehement abgelehnte irische Tradition, weil der Plan seiner Rede das gerade so erfordert, und versetzt sich in die Pose des weisen Älteren, der die Torheiten der Jüngeren mit mildem Tadel nennt. Er macht sich scheinbar zum Sprachrohr der Generation seiner beiden Tanten, reagiert aber

in Wahrheit auf die Angriffe einer Altersgenossin, d. h. er benützt wohltönende Phrasen, um seine Verletzlichkeit und Unsicherheit zu kompensieren.
Von dieser Neigung ist die ganze Rede weitgehend geprägt. Er bezeichnet seine Zeit als »skeptisch« und »gedankenzerquält«. Den letzteren Ausdruck übernimmt er aus seiner Browning-Rezension, obwohl er ihn selbst als etwas phrasenhaft empfindet, wie aus der einschränkenden Floskel »wenn ich das Wort gebrauchen darf« hervorgeht. Trotz solcher nichtssagender Formulierungen ist die Rede sehr effektvoll, weil allgemeine Themen, wie der Wandel der Zeiten, mit Eloquenz, Feierlichkeit und scheinbarem Tiefsinn abgehandelt werden.
Gabriel schließt seine Gegenüberstellung von Vergangenheit und Gegenwart mit einer Erinnerung an die Toten. Auch dabei wird deutlich, daß er in diesem Augenblick noch von der Neigung bestimmt ist, ein tiefes menschliches Problem mit sinnentleerten Worten zu verschleiern. Wenige Stunden später erlebt er, daß die Vergangenheit das Leben Grettas und sein eigenes unwiderstehlich mitbestimmt. Seine Ansprache räumt die Erinnerungen, mit denen »der Lebensweg . . . übersät« ist, mit einem Hinweis auf »lebendige Pflichten und lebendige Neigungen« (S. 41) beiseite. Ebenso hohl ist sein Lob für den »echten Geist der *camaraderie*« (S. 42), von dem in dieser kleinen Gruppe, die durchaus ihre Rangunterschiede kennt, wenig zu spüren ist. Verräterisch, daß er sich dabei eines Fremdworts bedient, um die eigene geistige Überlegenheit zu demonstrieren. Der Schluß, in dem er die Gastgeberinnen als die drei Grazien, sich selbst als den Paris bezeichnet, wirkt trotz des Anflugs von Humor, mit dem dieser Vergleich verwendet wird, fast grotesk.
Der letzte der drei Abschnitte, in die diese Erzählung unterteilt ist, beginnt mit kurzen Vordeutungen auf den kommenden Höhepunkt: die gemütliche Wärme des

Hauses wird verdrängt von der »stechenden Morgenluft« (S. 44), die durch die geöffnete Haustür eindringt. Tante Kates Bemerkung: Mrs Malins holt sich noch den Tod von der Kälte«, verweist auf die ständige, das Leben mitbestimmende Präsenz des Todes. Gabriel, wieder ungeduldig darauf wartend, daß Gretta mit dem Ankleiden fertig wird, nimmt etwas unwirsch zur Kenntnis, daß noch jemand auf dem Flügel »klimpert« (S. 45). Bevor die Erzählung jedoch ihrem Höhepunkt zustrebt, schiebt Joyce noch eine Familienanekdote und einen ausführlichen Bericht über die Abschiedsformalitäten ein. Der krisenhafte Einbruch der Vergangenheit in das Leben der Conroys wird verzögert. Offenbar kommt es dem Autor darauf an, diese Krise nicht zu sehr als beherrschendes Element der Geschichte wirken zu lassen. Weniger der dramatische Höhepunkt, sondern das Alltägliche, das Normale soll im Mittelpunkt stehen. Der Moment der Klimax hat ähnliche Funktion wie der »fruchtbare Moment« der bildenden Kunst: er verdeutlicht das Vorausgegangene und läßt Ausblicke auf die Zukunft zu. Die normalerweise vorhandenen, aber verschleierten Probleme werden sichtbar, ihre Ursachen erklärt.

Die Anekdote von Patrick Morkan, dem stolzen Besitzer einer Leimsiederei, der eines Tages gedachte, mit Pferd und Kutsche »mit der vornehmen Welt« (S. 45) zur Parade in den Park zu reiten, wird von Gabriel in ungebrochener Heiterkeit und mit für ihn charakteristischer Sprachgewandtheit erzählt. Patrick Morkans Pferd – von seiner Arbeit her nichts anderes gewohnt – dreht sich bald immer nur im Kreise, und mit ihm gezwungenermaßen auch der alte Herr. Das Pferd dreht sich ausgerechnet um die Statue König Wilhelms von Oranien, das den Iren verhaßte Standbild englisch-protestantischer Herrschaft. Patrick Morkans Versuch, seinen nationalen und sozialen Bedingtheiten wenigstens vorübergehend zu entrinnen,

endet in einem unfreiwillig komischen Sich-im-Kreise-Drehen, in einem Rückfall in die Welt seiner Alltagsarbeit, in einem Tribut an die politische Macht.
Daß die Moral der Anekdote auch in der Erzählgegenwart noch gültig ist, zeigt die unmittelbar folgende Abschiedsszene, in der Protestant Browne und der Katholik Malins sich in der gemieteten Kutsche nicht darüber einigen können, ob es Hü oder Hot gehen soll. Man entscheidet schließlich, daß zunächst zum Trinity College gefahren werden soll, dem Zentrum englischer Kultur in Irland, ebendorthin wo König Wilhelms Statue damals stand. Das Leben der Personen dieser Erzählung kreist um die bestehenden Zentren politischer, geistiger und sozialer Herrschaft. Man ist weder in der Lage, sich ihnen zu entziehen, noch auch nur eine Entscheidung für eine andere Richtung zu treffen. Für Gabriel ist der Versuch Patrick Morkans, einmal zu den besseren Leuten zu gehören, Thema eines Familienwitzes. Seine Bildung befähigt ihn wohl zu distanzierter Betrachtung solchen Verhaltens seiner Vorfahren, sie führt ihn jedoch nicht zu sozialem Engagement.
An dem übermütigen Hin und Her, das dem Abschied von Browne und Malins vorausgeht, beteiligt er sich nicht, wodurch er Zeuge jenes Augenblicks wird, in dem die Vergangenheit in das Leben seiner Frau eingreift. Es ist allerdings ein Zeuge, der nicht versteht, was er sieht, wie auch dem Leser, der von jetzt an das Geschehen nur noch aus Gabriels Perspektive erlebt, die Bedeutung des Ereignisses nur allmählich deutlich wird. Im Dunkeln stehend, bemerkt er *eine* Frau im Schatten, deren Gesicht er jedoch nicht sieht (S. 48). Die visuelle Undurchsichtigkeit der Szene entspricht seiner unzulänglichen Erkenntnis der geistig-seelischen Situation. Der erste Eindruck, der sich bei Gabriel aus diesem Halbdunkel formt, ist der eines Kunstwerks, eines Bildes. Das reale Schwarzweiß des Erlebnisses gewinnt in seiner Einbildungskraft Farben, die er

kunstvoll nebeneinander setzt. Es fehlt ihm auch nicht der Titel für sein imaginäres Gemälde, ein Titel, der ganz deutlich macht, wie sein ästhetisches Erkenntnisvermögen die Wirklichkeit richtig, aber doch nur äußerlich sieht: Er spürt, wie Gretta von »ferner Musik« gefesselt ist, er spürt nicht, wie nahe ihr diese Musik geht. Dabei fühlt er sehr wohl das Irreale seiner derartigen ästhetisierenden Sicht. Aus dem zweimaligen Gebrauch der konjunktivischen Formulierung »wäre er Maler« geht hervor, daß Gabriel sich der Tatsache bewußt ist, daß er seine Frau hier – quasi realitätswidrig – mit der unpersönlichen Distanziertheit des Künstlers betrachtet:

In ihrer Haltung lagen Anmut und Geheimnis, als sei sie ein Symbol für irgend etwas. Er fragte sich, wofür eine Frau, die im Schatten auf der Treppe steht und ferner Musik lauscht, wohl ein Symbol sei. Wäre er Maler, so würde er sie in dieser Haltung malen. Ihr blauer Filzhut würde die Bronze ihres Haars von der Dunkleheit abheben, und die dunklen Applikationen auf ihrem Rock würden die Wellen abheben. Ferne Musik *würde er das Bild nennen, wäre er Maler. (S. 48)*

Das »als sei« des ersten Satzes ist keineswegs logisch, denn »Anmut« und »Geheimnis« ergeben nicht notwendigerweise ein Symbol. Gretta wird erst durch Gabriels Sicht zum Symbol – dem vielleicht charakteristischsten Phänomen künstlerischer Schau der Wirklichkeit –, und er fragt sich erst hinterher, *wofür* dieses Symbol eigentlich stehe. Seine Aufmerksamkeit wird ausschließlich durch Aussehen und Haltung seiner Frau erregt. Melodie und Text des Liedes, die er erst später hört, lösen bei ihm keinerlei Emotionen aus. Der Text, ein Stück erlebter Rede, das die Perspektive Gabriels wiedergibt, erweist ihn vielmehr als nüchternen, rational analysierenden Beobachter:

Das Lied schien in der alten irischen Tonart gehalten, und der Sänger seiner Worte wie seiner Stimme unsicher zu sein. Die Stimme, von ihrer Ferne und der Heiserkeit des Sängers klagend gemacht, illuminierte schwach den Gesang des Liedes zu Worten, die Kummer ausdrückten (S. 49).

D'Arcy trägt diese Ballade vor, obwohl er Text und Melodie nur unvollkommen kennt. Dies und die Tatsache, daß er beim Hinzukommen weiterer Gäste abrupt abbricht, deuten auf eine persönliche Beziehung zu dem Lied hin. Anders als Gabriels Tischrede ist sein Gesang nicht von professioneller Eitelkeit oder dem Streben nach ästhetischer Unpersönlichkeit geprägt.

Die Ballade von einem Lord, der das von ihm verführte, einfache Mädchen nachts im Regen abweist, mag Michael Furey, der dies Lied für Gretta sang, an seine eigene, hoffnungslose Situation erinnert haben. Seine Liebe wurde für ihn zu einer existentiellen Notwendigkeit, so daß er im Regen sein Leben aufs Spiel setzte, um Gretta noch einmal zu sehen. Sie hinwiederum ist in ihrer äußerlich so problemlosen Ehe innerlich verlassen: das irische Mädchen vom Lande und der urbane, kosmopolitische Gebildete haben innere Gemeinschaft nicht erreicht.

Gabriel sieht auf Grettas Gesicht die durch das Lied hervorgerufenen Zeichen innerer Bewegung, ohne sie deuten zu können. Allmählich wächst in ihm das Begehren nach ihr:

. . . Gabriel sah, daß auf ihren Wangen Farbe war und daß ihre Augen glänzten. Eine jähe Freudenflut sprang in seinem Herzen auf (S. 50).

Das starke Liebesverlangen nach seiner Frau, die tiefe Aufwallung seines Gefühls mit den Erinnerungen an Zärtlichkeit, Übermut und die Höhepunkte der Lust in den Jahren der Ehe, werden somit durch ein Mißverständnis, eine falsche Einschätzung von Grettas Gefühlslage hervorgerufen.

Gabriel erinnert sich an einen frühen Brief an sie, in dem er

– mit ähnlichen Worten wie sie Joyce am 26. 9. 1904 an seine Frau schrieb[8] – von seinem Unvermögen sprach, seinem Empfinden angemessenen Ausdruck zu verleihen. Da Gabriel sonst so leicht und gern Worte für alles findet, ist gerade dies ein Indiz der Echtheit seiner damaligen Gefühle:

Es verlangte ihn, ihr diese Augenblicke ins Gedächtnis zu rufen, sie die Jahre ihres stumpfen gemeinsamen Lebens vergessen zu machen und sie sich nur an ihre Augenblicke der Ekstase erinnern zu lassen. Denn die Jahre, fühlte er, hatten seine und ihre Seele nicht ausgelöscht. Ihre Kinder, seine Schriftstellerei, ihre Haushaltssorgen hatten das zärtliche Feuer ihrer Seelen nicht ganz ausgelöscht. In einem Brief, den er ihr damals geschrieben hatte, hieß es: Wie kommt es, daß es kein Wort gibt, welches zärtlich genug wäre, Dein Name zu sein (S. 52)

Es ist jedoch bezeichnend für die Bedrohung seiner Ehe mit Gretta durch emotionale Sterilität, daß Gabriel die Vergangenheit, und nur deren Höhepunkte, zurückrufen möchte. Dabei weiß er nicht, daß auch sie in diesem Augenblick im Banne der Vergangenheit steht, obwohl er in seinen Gedanken indirekt eine gewisse Gleichartigkeit seiner und ihrer momentanen Einstellung konstatiert. Jene früher von ihm geschriebenen Worte erscheinen ihm nun »wie ferne Musik« (S. 53), das heißt genauso, wie das von seiner Fantasie gemalte Bildnis der gebannt der Ballade lauschenden Gretta. In der Tat werden beide durch »ferne Musik« an *frühere* Liebe erinnert, jedoch nicht an ihre *gemeinsame* Liebe, so daß die gemeinsame Formel, die Gabriel für ihrer beider Gefühl findet, seine falsche Vorstellung einer einheitlichen Beziehung demonstriert.
Während er in der zitierten Passage versuchte, die Gegenwart durch Rückgriff auf die Vergangenheit zu beeinflussen, wird bei der Fahrt in der Kutsche eine parallele Neigung sichtbar, nämlich die, in der Zukunft liegende oder

erwartete Ereignisse zu antizipieren. Je nach Anlaß und innerer Verfaßtheit wird diese Gewohnheit zur Vorwegnahme befürchteter Katastrophen (so vor seiner Tischrede, S. 14, S. 28f.) oder zur imaginativen Realisierung erwarteten Glücks, wie hier, als er sich den ersehnten Liebesakt mit seiner Frau vorstellt. Ständig verändert seine Fantasie die Wirklichkeit: die ratternde Kutsche, deren müde Insassen von müden Pferden langsam gezogen werden, verwandelt sich in die Erinnerung an jene, die ihn und Gretta zu Beginn ihrer Hochzeitsreise im Gallopp zum Schiff brachte.

Gabriels Imagination läßt ihn das erwartete Liebesspiel mit einem Akt perfekter Kommunikation beginnen: er wird ihren Namen aussprechen, und sie wird seine Wünsche ahnen und ihm entgegenkommen. Als die Szene später stattfindet, nennt er ihren Namen, doch keine Verständigung kommt zustande, weil beide völlig von ihrer eigenen inneren Situation absorbiert sind (S. 55f.). Mühsam rettet er sich nun, da er sein Liebesbegehren nicht mehr unbefangen äußern kann, in eine triviale Geschichte über Freddy Malins. Dieser Mangel an Kommunikationsfähigkeit wird bereits offenbar, als seine Fantasie ihm noch ideales gegenseitiges Verstehen vorgaukelt: schon in diesem Moment ist er für den Lärm dankbar, der ihn davor bewahrt, mit seinen Begleitern sprechen zu müssen, und ihn seinen Wunschträumen überläßt.

In beiden Szenen, der in der Kutsche und der abschließenden zwischen Gretta und Gabriel, wird die Bedeutung eines Aspekts in seinem Verhalten sichtbar, nämlich sein Umgang mit Geld. Geld spielt für die meisten Dubliner dieser Erzählungen eine große Rolle; neben Kirche, Sex und Alkohol gehört es zu den zentralen Motiven des Buches. Während jedoch die meisten Charaktere der *Dubliner* durch eine mehr oder minder starke Abhängigkeit vom Geld geprägt sind, scheint sich Gabriel eher durch auffällig freien Umgang mit Münzen und Noten auszuzeichnen. Man glaubt ihm, wenn er seine Rezensionen im *Daily Express* damit vor sich selbst rechtfertigt, daß er sagt, er schreibe sie um der Bücher willen, nicht wegen des »armseligen Schecks« (S. 23). Er beschenkt das Hausmädchen, er bezahlt die mit D'Arcy gemeinsam gemietete Kutsche und gibt dem Fahrer ein reichliches Trinkgeld, er berichtet Gretta davon, daß er Malins ein Pfund geliehen habe, ohne eine Rückzahlung zu erwarten. Gretta kommentiert: »Du bist ein sehr großmütiger Mensch, Gabriel« (S. 57). Die Szene mit Lily hatte jedoch bereits gezeigt, daß er sich mit dem Geschenk von einem plötzlich aufgebrochenen Schuldgefühl loskaufen oder wenigstens seine Verlegenheit überspielen wollte. Ähnlich verhält es sich mit dem Bericht über sein Darlehen von einem Pfund an Freddy Malins. Er fühlt sich unsicher, als sein nur indirekt angedeuteter Wunsch nach Zärtlichkeit von Gretta nicht wahrgenommen wird, und flüchtet sich in die Unpersönlichkeit einer finanziell belanglosen Geldgeschichte. Grettas lobende Feststellung wird von ihm völlig mißverstanden, wie auch sie sein Begehren nicht erkennt. Er liest aus ihren Worten das Einverständnis zum gemeinsamen Liebesakt, während sie durch Lob in charakteristischer Weise ihre Haltung ihm gegenüber offenbart: die freundliche Anerkennung seiner Gutmütigkeit und Fürsorglichkeit, jedoch kein überschäumendes Gefühl der Liebe.

Als im vorletzten Abschnitt der Erzählung das Wort »großmütig« nochmals im Zusammenhang mit Gabriel auftaucht, da drückt sich diese Großmütigkeit nicht mehr in Geld aus. Sie hat auch nichts zu kompensieren, sondern bewirkt tiefes Mitgefühl für seine Frau:

Großmütige Tränen füllten Gabriels Augen. Er hatte keiner Frau gegenüber je Ähnliches empfunden, aber er wußte, daß solch ein Gefühl Liebe sein mußte. (S. 63)

Der Eintritt des Ehepaars Conroy in das Hotel (S. 54f.)

wird vorwiegend aus der Perspektive Gabriels geschildert. Er erlebt diese wenigen Minuten in einem Zustand fast überreizter Sinnlichkeit, der sich der intensiven Aufnahme äußerer Eindrücke offenbart. Er hört das dumpfe Geräusch der Füße, das Tropfen der Kerze, das Dröhnen seines Herzschlags. Er sieht Einzelheiten von Grettas Körper: ihren gebeugten Kopf, die gekrümmten Schultern, den engen Rock. Es ist jedoch nicht so, daß der Leser durch diese perspektivische Schilderung dahingehend beschränkt wird, daß er nur die, wie wir mittlerweile wissen, begrenzte Sicht Gabriels erführe. Joyce impliziert in der Wiedergabe des Bewußtseinsstroms Informationen, die über das subjektive Erleben Gabriels hinausgehen, die auch Grettas Situation verdeutlichen. Wenn etwa ihr gesenkter Kopf beschrieben wird oder die »wie unter einer Last gekrümmten« Schultern, so ergeben sich daraus Hinweise auf ihre Situation, die eine Diskrepanz zwischen seiner Sicht und der Realität vermuten lassen.
Die Kerze, die der Nachtportier des Hotels den Conroys bringt, da das elektrische Licht ausgefallen ist, leitet die Verwendung von Lichteffekten ein, die wesentlich zur Gestaltung der Szenerie des Schlusses der Erzählung beitragen (S. 55f.). Es ist wohl besser, nicht gleich von *Lichtsymbolik* zu sprechen, obwohl Licht und Dunkelheit hier mit positiven bzw. negativen Werten assoziiert werden. Man fühlt sich eher an die Technik des Films erinnert, wo Helligkeit und Schatten oft verdeutlichende und hinweisende Funktion besitzen. Gabriel reagiert gegenüber dem alten Mann gereizt und herablassend, er fordert ihn – unnötigerweise – auf, die Kerze wieder mitzunehmen und verweist als Begründung auf das von der Straße einfallende Licht, das jedoch wenige Zeilen später als »geisterhaft« (S. 55) bezeichnet wird. Die Straßenlaterne läßt einen vom Fenster zur Tür führenden Lichtstreifen einfallen, der in dieser Szene zu einer Art Leitlinie für Gretta und Gabriel

wird. Gabriel beginnt am Fenster stehend, wendet sich jedoch sogleich vom Licht ab. Als er sie anspricht, geht Gretta auf dem Lichtstreifen auf ihn zu, stellt sich dann, Gesicht zum Fenster, neben ihn. Ihre gegensätzlichen Positionen zum Licht – ihre unterschiedliche Einstellung verdeutlichend – zeigen sich während der gesamten Unterredung. Als Gretta ihre Augen von ihm abwendet, läßt sie sie dem Lichtstreifen folgen (S. 59); als Gabriel, den schon der Anblick seiner selbst im Spiegel verwirrt hatte, von Unsicherheit und Unterlegenheitsgefühlen erfüllt, ein ungerechtfertigt negatives Bild seines Wesens zeichnet, da wendet er sich ganz vom Licht ab, um nicht von ihr gesehen zu werden. Erst nach dem Ende der Unterredung geht er ruhig zum Fenster zurück (S. 61).
Die Unsicherheit, von der er angesichts der ihm unverständlichen Emotion Grettas erfaßt wird, schlägt schnell in Eifersucht um, als er erfährt, daß es die Erinnerung an einen anderen ist, die sie erfüllt. Gabriel muß eine Serie falscher, an seinen eigenen Haltungen orientierter Vorstellungen korrigieren, um zu lernen, daß sie von der Erinnerung an einen Toten, der bedingungslos lieben konnte, überwältigt ist. Ein »unbestimmter Schrecken« (S. 60) erfaßt ihn ob der Macht, die die Liebe Michaels über dessen Tod hinaus ausübt, ob der eigenen Ohnmacht, ihre Gefühle auf sich zu lenken. Seine Eifersucht, sein Besitzerdenken und sein egozentrisches Begehren schwinden unter dem Eindruck dieses Erlebnisses. Er löst sich aus dem lähmenden Schrecken »mit einer Anstrengung der Vernunft« (S. 60) und empfindet zunächst distanzierte Zärtlichkeit und Mitleid, die allmählich in Tränen der Liebe übergehen. Joyce vermeidet es allerdings, Gabriel als einen völlig Gewandelten vorzustellen: Noch einmal fragt er sich, ob sie ihm die Wahrheit gesagt habe, und während dabei sein Blick über ihre Kleider schweift, kommt mit dem sexuellen Impuls erneut Eifersucht auf. Auch die

Neigung, in Zeiten der Niedergeschlagenheit sich selbst gering zu schätzen, ist geblieben, denn er findet seine Tischrede nun »töricht« und sieht sich in seiner Fantasie bereits aus Anlaß von Julias Tod leere Phrasen dreschen (S. 63).

Der Gedanke an den Tod führt ihn zu der Vorstellung einer Gemeinschaft zwischen den Menschen. Er empfindet, daß dem Familienahnen Patrick Morkan bald die alte Tante Julia und nach und nach auch seine eigene Generation in jene Welt folgen werden, in die Michael Furey bereits gegangen ist. So ist er imstande, die Leidenschaftlichkeit, mit der der 17jährige lebte und starb, als Vorbild für das eigene Leben und den eigenen Tod zu betrachten.[9] Das Geräusch der ans Fenster fallenden Schneeflocken läßt ihn nun sich dem Licht zuwenden, wie es vorher Gretta getan hatte. Die vorher so deutlich herausgearbeitete Gegensätzlichkeit der Positionen löst sich nun in einer ebenso deutlichen Gemeinsamkeit. Der enigmatische Satz, »Die Zeit war für ihn gekommen, seine Reise gen Westen anzutreten« (S. 63), verweist auf diese Versöhnung der Gegensätze. »*Seine* Reise gen Westen« meint die ständige Annäherung an den Tod, aber auch eine Annäherung an von ihm unterschwellig Bekämpftes: die ungebrochene Leidenschaftlichkeit und Natürlichkeit wie sie Michael Furey verkörperte, das im Westen besonders ausgeprägte Irentum, dem der urbane Gabriel nicht viel hatte abgewinnen können. All dies lag auch in Grettas Wesen und hatte Gereiztheit und Trennung, wohl aber auch jenes »Feuer«, das er fühlte (S. 52), bewirkt.

Der Ausklang der Erzählung mit Gabriels Vorstellung des allmählich ganz Irland bedeckenden Schnees hat die Aufmerksamkeit der Interpreten besonders in Anspruch genommen und zu verschiedenen Erklärungen geführt. Dabei wird einerseits die Ansicht vertreten, daß Joyce den Schnee zuerst realistisch, später symbolisch verwendet habe[10], andererseits findet sich die Meinung, daß hauptsächlich auf Grund der durchgängig symbolischen Verwendung des Motivs sich die Erzählung »über den Gemeinplatz realistischer Abschilderung« erhebe.[11] Es mag deshalb zweckmäßig sein, die verschiedenen Stellen der Kurzgeschichte, an denen der Schnee eine Rolle spielt, zusammenfassend zu analysieren. Die erste ist bereits die, an der Gabriel erstmals auftritt: er entledigt sich nachdrücklich des von draußen mitgebrachten Schnees und zeigt durch seine Antwort auf Lilys beiläufige Frage, ob es wieder schneie, daß er diesem Naturereignis wenig abgewinnen kann. Im Original heißt diese Stelle, »I think we're in for a night of it«, was man sinngemäß mit »Ich glaube, heute sind wir für eine ganze Nacht dran« übersetzen könnte. Die in dieser Aussage enthaltene unbewußte Vordeutung auf das Geschehen der kommenden Stunden stellt eine Verbindung zwischen dem Motiv ›Schnee‹ und den bevorstehenden Ereignissen her. Gabriel ist bemüht, seine Familie und sich durch besonders warme Kleidung vor Schnee zu schützen, was bei Gretta eine Mischung aus Amüsement und Irritation hervorruft. Seine Bemerkung, daß sie am liebsten im Schnee nach Hause laufen würde (S. 14), verdeutlicht den Gegensatz, der in diesem Punkt zwischen ihnen besteht: Während Gretta den direkten Kontakt mit der Natur, auch mit ihren Unbilden sucht, strebt Gabriel nach Abschirmung von äußeren Einflüssen. Ganz anders ist seine Einstellung jedoch in den Momenten, in denen aufkommende Unsicherheit in ihm den Wunsch nach einem Ausbrechen aus der Geschlossenheit des Raumes und seiner beklemmenden Atmosphäre erweckt. Die erste dieser beiden, einander ähnlichen Stellen lautet folgendermaßen:

Gabriels warme zitternde Finger pochten gegen die kalte Fensterscheibe. Wie kühl mußte es draußen sein! Wie angenehm wäre es, allein hinauszugehen, erst den Fluß ent-

lang und dann durch den Park! Schnee läge auf den Zweigen und bildete eine helle Kappe oben auf dem Wellington-Denkmal. Wieviel angenehmer wäre es dort als an der Abendtafel! (S. 27f.)

In diesem Augenblick, in der Antizipation seines großen Auftritts als Redner sehnt sich Gabriel nach dem Draußen, nach dem Alleinsein mit der schneebedeckten Natur. Die fast sehnsüchtige Wendung zum Fenster kontrastiert mit der Abwendung vom Fenster im Hotelzimmer während seiner Aussprache mit Gretta. In der parallelen Passage, unmittelbar bevor er seine Rede tatsächlich hält, geht diese Hinwendung zum Draußen, zur Natur und damit zu dem, was zum Zentrum von Grettas Leben gehört, noch weiter:

Vielleicht standen jetzt draußen im Schnee auf dem Quay Menschen, spähten zu den erleuchteten Fenstern hinauf und lauschten der Walzermusik. Die Luft dort war rein. In der Ferne lag der Park, wo Schnee auf den Bäumen lastete. Das Wellington-Denkmal trug eine glitzernde Schneekappe, die gen Westen über das weiße Feld von Fifteen Acres funkelte. (S. 39)

Die in den Schlußsätzen enthaltene Vorstellung einer sich nach Westen, der Heimat Grettas und Michaels ausdehnenden, schneebedeckten Fläche wird hier angedeutet. Das Denkmal Wellingtons, um das Gabriels Fantasie auffallenderweise kreist, sowie die ebenfalls von Schnee überzogene Statue des »weißen Mannes« (S. 53) Daniel O'Connell, den er heiter grüßte, verweisen darauf, wie auf der breiteren Ebene nationaler Geschichte die Gegenwart von der Vergangenheit geprägt ist. Der berühmte Napoleonbezwinger anglo-irischer Herkunft – vermutlich in Dublin geboren –, der als Politiker die katholische Emanzipation erst ablehnte, später unterstützte, und der »Befreier« O'Connell, der durch geschicktes Ausnützen aller gesetzlichen Möglichkeiten und unter Ablehnung von Gewalt die irische Sache vorantrieb, sind zwei jener Gestalten, deren Wirken über ihren Tod hinausgreift, wie auch die leidenschaftliche Liebe des unbekannten Michael Furey den Tod überdauert.

Gabriels Gedanken am Ende der Erzählung nehmen eine von Mary Jane zitierte Zeitungsmeldung auf: »Schneefall in ganz Irland«, im Original »snow was general all over Ireland« (S. 50, S. 103). Die Doppeldeutigkeit des englischen Wortes *general* bezeichnet sowohl die allgemeine Verbreitung wie auch den beherrschenden Charakter des Schnees. Gabriels Vorstellung wandert westwärts über die verschiedenen Landschaften, bis hin zu Michael Fureys Grab; das Herabfallen des Schnees gleicht ihm schließlich der Ankunft eines »letzten« Endes (S. 63), einem gemeinsamen Leichentuch für Lebende *und* Tote.

Diese letzte Gemeinsamkeit vollendet den Prozeß der Versöhnung, in dessen Zentrum seine Erkenntnis und Akzeptierung von Grettas Wesen und Vergangenheit stehen. Der Gegensatz zwischen ihr und ihm schloß andere Gegensätze ein: den zwischen städtischen und ländlichen Lebensformen, zwischen nationalem und kosmopolitischem Denken, zwischen Bildung und Natürlichkeit, zwischen Kindern und Eltern. Seine Einsicht, daß jedes einzelne Leben von einer Vielzahl von Kräften bestimmt wird, die von Toten, aber auch von anderen Lebenden ausgehen, und daß der Tod auch die Lebenden in eine Gemeinschaft mit den Toten einreiht, führt ihn zu einem nun wahrhaft »echten Geist der *camaraderie*«, den er in der Tischrede noch wenig aufrichtig beschworen hatte (S 42).

Geht man davon aus, daß dieser Geist der Gemeinschaftlichkeit und der Versöhnung der eigentliche Zielpunkt der Erzählung ist, so läßt sich deren Stellung unter den Geschichten der *Dubliner* erkennen. Joyce hatte in einem anfangs zitierten Brief davon geschrieben, daß er den Vorzügen seiner Heimatstadt in diesem Band nicht gerecht geworden sei; als Beispiel erwähnt er die auch von Gabriel gepriesene Gastfreundschaft.[12] Wir wissen nicht, warum Joyce dieses Thema in »Die Toten« dann doch nicht zu einem zentralen Motiv machte, doch ist der Zusammenhang zwischen der Tugend der Gastfreundschaft und dem Gedanken mitmenschlicher Gemeinsamkeit offensichtlich. Trotz seiner Absicht, das durch die früher entstandenen Erzählungen gezeichnete Bild Dublins zu korrigieren, nimmt der Dichter jedoch von der vorher geäußerten Kritik nichts zurück. Vielmehr bezieht er sich selbst – genauer gesagt, eine Gestalt mit einigen wesentlichen seiner eigenen Charakterzüge und Haltungen – in die Kritik ein. Er stellt den Typus des wortgewandten, schriftstellernden Gebildeten in die Reihe der Dubliner, von denen dieser Band berichtet.

Gabriel ist in vielem anders als die anderen Hauptpersonen der Erzählungen. Er ist klüger, sensibler, kultivierter, etwas wohlhabender, ohne jene erheblichen Fehler und Laster, die so vielen Personen der *Dubliner* anhaften. Joyce kritisiert in Gabriel den Kritiker, der nichts übrig hat für das allzu Irische, der, wie er sagt, sein Land satt hat (S. 25). Der Autor zeigt, wie bedingt solche Einstellungen sind, wie sie selbst Ausdruck von Abhängigkeiten sein können; er zeigt die Schwächen des Intellektuellen, des Gebildeten: er ist frei von kleinlichem Nationalismus, aber ohne Gefühl der Zugehörigkeit zu einer Gemeinschaft; er scheut das Engagement, neigt zur Selbstbespiegelung, mißbraucht die Eloquenz zum sozialen Rollenspiel, kann soziale Barrieren weniger überwinden als die, die ihm an Bildung nachstehen. Indem er Gabriel seine Bindungen an die Vergangenheit akzeptieren läßt, bringt Joyce zum Ausdruck, daß die kritische Analyse seiner Dubliner Gestalten ihn nicht zur Abkehr von ihnen, sondern zur Gemeinschaft mit ihnen führte. Er erkennt an, einer von ihnen zu sein: ein Dubliner.

Anmerkungen

1 Siehe vor allem: Richard Ellmann, »Die Hintergründe zu den ›Toten‹«.
2 Brief an Nora Barnacle Joyce v. 26. 8. 1909 in *James Joyce. Briefe I,* hrsg. Richard Ellmann, übers. Kurt Heinrich Hansen [Frankfurter Ausgabe], Werk 5 (Frankfurt/M, 1969), S. 427 f.
3 Brief an Nora Barnacle Joyce v. 31. 8. 1909, *op. cit.*, S. 429 ff.
4 Brief an Nora Barnacle Joyce v. 22. 8. 1909, *op. cit.*, S. 425 f.
5 *op. cit.*, S. 315 ff.
6 Aus »Die Toten« wird nach dieser Ausgabe zitiert.
7 In diesem Zusammenhang sei auch an Gabriels Überlegung erinnert, das Browning-Zitat in seiner Rede durch eines aus den, seinen Zuhörern vertrauteren Werken von Shakespeare oder Moore zu ersetzen. Dies ist einerseits ein Versuch Gabriels, die Distanz zwischen sich und seiner Umwelt durch Eingehen auf diese zu vermindern, andererseits reduziert auch er die Dichtung damit zu einer Quelle für beliebig austauschbare geflügelte Worte.
8 *Briefe* I, S. 146.
9 Erwähnenswert ist auch, daß Joyce durch die Namengebung eine kontrastive Parallelität zwischen Gabriel und Michael schafft. Beide sind Erzengel, doch sieht die christliche Tradition in ersterem vor allem den Überbringer göttlicher Botschaften, während letzterer mit kriegerisch-ritterlichem Auftreten, etwa in dem ihm zugeschriebenen Kampf mit dem höllischen Drachen, assoziiert wird. (Vgl. *Lexikon für Theologie und Kirche* hg. Josef Höfer und Karl Rahner, 11 Bde., 2. Aufl. (Freiburg/Br., 1957 ff.), *s. v.* »Gabriel« u. »Michael«.) Michaels Nachname, Furey, wird ebenso ausgesprochen wie das englische Wort *fury,* das ›Wut, Wildheit‹, bedeutet.
10 Siehe z. B. Kenneth Burke, »Three Definitions«, *Kenyon Review* 13 (1951), S. 173-192.
11 So bei Marvin Magalaner/Richard M. Kain, Joyce. *The Man, the Work, the Reputation* (New York, 1956), S. 95. Übersetzung des Zitats von mir.
12 Siehe Fußnote 5.

Bibliothek Suhrkamp

403 Hermann Heimpel, Die halbe Violine
404 Octavio Paz, Das Labyrinth der Einsamkeit
405 Stanisław Lem, Das Hohe Schloß
406 André Breton, Nadja
407 Walter Benjamin, Denkbilder
409 Rainer Maria Rilke, Über Dichtung und Kunst
410 Ödön von Horváth, Italienische Nacht
411 Jorge Guillén, Ausgewählte Gedichte
412 Paul Celan, Gedichte I
413 Paul Celan, Gedichte II
414 Rainer Maria Rilke, Das Testament
415 Thomas Bernhard, Die Macht der Gewohnheit
416 Zbigniew Herbert, Herr Cogito
417 Wolfgang Hildesheimer, Hauskauf
418 James Joyce, Dubliner
419 Carl Einstein, Bebuquin
420 Georg Trakl, Gedichte
421 Günter Eich, Katharina
422 Alejo Carpentier, Das Reich von dieser Welt
423 Albert Camus, Jonas
424 Jesse Thoor, Gedichte
425 T. S. Eliot, Das wüste Land
426 Carlo Emilio Gadda, Die Erkenntnis des Schmerzes
427 Michel Leiris, Mannesalter
428 Hermann Lenz, Der Kutscher und der Wappenmaler
429 Mircea Eliade, Das Mädchen Maitreyi
430 Ramón del Valle-Inclán, Tyrann Banderas
431 Raymond Queneau, Zazie in der Metro
433 William Butler Yeats, Die geheime Rose
434 Juan Rulfo, Pedro Páramo
435 André Breton, L'Amour fou
436 Marie Luise Kaschnitz, Gedichte
437 Jerzy Szaniawski, Der weiße Rabe
438 Ludwig Hohl, Nuancen und Details
439 Mario Vargas Llosa, Die kleinen Hunde
440 Thomas Bernhard, Der Präsident
441 Hermann Hesse – Thomas Mann, Briefwechsel
442 Hugo Ball, Flametti
443 Adolfo Bioy-Casares, Morels Erfindung
444 Hermann Hesse, Wanderung
445 Ödön von Horváth, Don Juan kommt aus dem Krieg

446 Flann O'Brien, Der dritte Polizist
447 Giuseppe Tomasi di Lampedusa, Der Leopard
448 Robert Musil, Törleß
449 Elias Canetti, Der Überlebende
450 Robert Walser, Geschwister Tanner
451 Alfred Döblin, Berlin Alexanderplatz
452 Gertrude Stein, Paris Frankreich
453 Johannes R. Becher, Gedichte
454 Federico García Lorca, Bluthochzeit/Yerma
455 Ilja Ehrenburg, Julio Jurenito
456 Boris Pasternak, Kontra-Oktave
458 Anna Seghers, Die schönsten Sagen vom Räuber Woynok
464 Franz Kafka, Der Heizer
465 Wolfgang Hildesheimer, Masante
466 Evelyn Waugh, Wiedersehen mit Brideshead
467 Gershom Scholem, Walter Benjamin
468 Rainer Maria Rilke, Duineser Elegien
470 Alain, Die Pflicht glücklich zu sein
471 Wolfgang Schadewaldt, Der Gott von Delphi und die Humanitätsidee
472 Hermann Hesse, Legenden
473 H. C. Artmann, Liebesgedichte
474 Paul Valery, Zur Theorie der Dichtkunst
476 Erhart Kästner, Aufstand der Dinge
477 Stanisław Lem, Der futurologische Kongreß
478 Theodor Haecker, Tag- und Nachtbücher
479 Peter Szondi, Satz und Gegensatz
480 Tania Blixen, Babettes Gastmahl
481 Friedo Lampe, Septembergewitter
482 Heinrich Zimmer, Kunstform und Yoga
483 Hermann Hesse, Musik
486 Marie Luise Kaschnitz, Orte
487 Hans Georg Gadamer, Vernunft im Zeitalter der Wissenschaft
488 Yukio Mishima, Nach dem Bankett
489 Thomas Bernhard, Amras
490 Robert Walser, Der Gehülfe
491 Patricica Highsmith, Als die Flotte im Hafen lag
492 Julien Green, Der Geisterseher
493 Stefan Zweig, Die Monotonisierung der Welt
494 Samuel Beckett, That Time/Damals
495 Thomas Bernhard, Die Berühmten
496 Günter Eich, Marionettenspiele
497 August Strindberg, Am offenen Meer
498 Joseph Roth, Die Legende vom heiligen Trinker
499 Hermann Lenz, Dame und Scharfrichter
501 Andrej Belyj, Petersburg

Bibliothek Suhrkamp

Alphabetisches Verzeichnis